素材採取家の異世界旅行記

MATERIAL COLLECTOR'S ANOTHER WORLD TRAVELS

15

木乃子増緒
KINOKO MASUO

ハムズ
幸運を運ぶと
言われる精霊。
クレイが大好き。
パオネ
有翼人たちが崇める
神の言葉を
伝える巫女。
ザバ
ルカルゥのお供の
へんな生き物。
よくしゃべる。
ルカルゥ
ある日、空から
降ってきた幼子。
しゃべれない。
タケル
ひょんなことから
異世界で「素材採取家」
となった本作の主人公。
食べることと
お風呂が大好き。
ビー
タケルの相棒の
子ドラゴン。
タケルとカニが
大好き。
主な登場人物

パジェイ
巫女に仕え
教育を担当する
有翼人の女性。
ファドラ
巫女の護衛を
務める有翼人の
僧兵。
タケルの仲間「蒼黒《そうこく》の団《だん》」
クレイ
ブロライト
プニさん
スッス

＋　＋　＋　＋　＋

朝食を食べ終わると昼食に何を食べるか考え、昼食を食べ終わると夕食に何を食べるか考えるのは普通のことだと思っていました。夕食を食べ終わったら？　そりゃ翌朝何を食うのか考えますよ。考えますよね。考えませんか？　考えないの？　えぇ……

基本的に屋台の食べ歩きや外食が好きな素材採取家のタケルです。皆さんお元気ですか？　健康であることは何よりの贅沢だと思います。

自炊が多いのはたくさん食べる我儘《わがまま》な仲間のせい。良いんですよ、たくさん食べるのは良いことです。たくさん動きますからね。

蒼黒《そうこく》の団《だん》は一人一人の戦闘技術が恐ろしく高い。なんせランクS冒険者を二人も抱えている冒険者チームだ。しかし、基本的に所属団員の性格は大雑把《おおざっぱ》であると自負している。

クレイは食材に関しては必要なものを必要なだけ買えば良いと言う。魔法の鞄《かばん》に入れておけば腐らないしね。

ブロライトは食費が足りなければ森でパープルボーン（やたらと獰猛《どうもう》なランクBのダチョウ）を狩れば良かろう？　と言う。パープルボーンの尾羽は紫のラメ入りでやたらと派手。状態が良ければ一本十五万レイブで売却できる。貴族や貴族向けの芝居《しばい》を興行する劇団員が好んで購入する人気商品なので、肉も骨も美味《おい》しく食べられるのだから文句は言うまい。

プニさんは食いたいものがあればふらっと消えてふらっと帰ってコレが美味《うま》いと聞いた、コレを食わせろと命じるだけ。時と場所と空気を一切読んでくれないので、そこに相手に対する気遣いは存在しない。

ビーは可愛いのでたくさん食べなさい。

うん。

改めて仲間の性格を考えてみると、俺は大雑把で適当な性格でもなかったかもしれない。

食材購入は相変わらずどんぶり勘定《かんじょう》ではあるけども。

戦闘能力が素晴らしかろうと腹が満たされなければ能力は半減する。思考能力を鈍らせるのは魔法だけではなく、空腹だ。魔法は防ぐことができる。しかし、腹は空《す》いたら空きっぱなしなのだ。空いた腹に気を取られて集中できない、それだけで命取りになるのだ。

戦うのも神経を使うのも感覚を研ぎ澄ませるのも、全ての資本は肉体。

肉体が疲弊していれば精神も摩耗《まもう》する。

しつこいようだが、俺は何度だって言う。生きることは食うことであって、食うことは生きることなのだ。

食事に関しては金に糸目は付けないのがモットーの蒼黒の団なので、調味料は樽でまとめ買いし、食材もいつ何時《なんどき》腹を空かせた種族に出会うかわからないため、大量に保存するようにしている。

俺はストック癖があるというかストック魔というか、在庫が切れるのが怖い恐怖症持ち。これは前世からの性格なので直せないし、直すつもりもない。

在庫が切れるのが怖い食材は、特に醤油《しょうゆ》とごぼうと米。調味料次第でなんとかなるとは思えない食材は、買い込んでおかないと不安なのだ。

だがしかし、スッスという有能な仲間に恵まれた蒼黒の団の食卓は更に豊かなものへと変わった。ほんと、ほんっとうに、スッスが加入してくれて良かった。スッスのような細やかな気遣いができる人はマデウス——アルツェリオ王国内では珍しいのではないだろうか。要職に従事している人たちはともかく。

大量の在庫を抱える癖のある俺に代わり、スッスは食品や調味料の在庫管理をしてくれた。ギルド職員として働いていた時も物品の在庫管理は行っていたらしく、面倒ではないし得意だからと胸を張って引き受けてくれたのだ。

それと同時に無駄に在庫を増やしすぎるのもよくないっすよ、と叱られてしまった俺。

朝市で店のもの根こそぎ買う癖はやめるようにしました。

腹を空かせた種族によくよく遭遇する我ら蒼黒の団だが、今回の旅先は未知の世界である大空。

幻の種族が住まう幻の国、キヴォトス・デルブロン王国。

太古の昔に滅び、名残《なごり》の品は、古代遺物《アーティファクト》の一つともされ、ラティオの黄金で作られたデルブロン金貨は今なおその輝きを失わない。

物語や御伽噺《おとぎばなし》の世界だと考えられていた国。

ところがどっこい幻のはずの国は空飛ぶ島でマデウスの空を飛んでいた。

密《ひそ》やかにアルツェリオ王国のマティアシュ領エステヴァン家と交易を続けていたらしいので、きっと腹が空いて困っているような国ではないだろう。

そもそもの目的は有翼人であるルカルゥと、その相棒で守護聖獣のザバを送り届けることだ。

トルミ村で盛大なお別れ会をし、皆に暖かく見送ってもらったルカルゥだが、故郷である国に帰って来たというのに嬉しそうではないのが気になる。

怪しげな空飛ぶ馬車で突如現れた地上からの団体を迎えてくれた、ルカルゥの保護者っぽい猛禽《もうきん》類《るい》の顔をした有翼人のファドラナーガ。

彼は言った。ルカルゥは神の子供だと。

普通なら神様の子供？　次世代の神様なの？　わわっ、恐れ多い子を相手にしていたんだぁ！　――と、焦るだろう。

だがしかし、俺としては「どの神様？」って思ったわけだ。

ほら、マデウスって神様があちこちにいるから。しょっちゅう出会っているし、何ならトルミ村を自分好みの花畑に変えている精霊王がいて、馬車引いているのが馬の神様で、俺の頭の上で大欠伸《あくび》かましている竜も神様候補なわけですよ。

大地を守る東の古代竜ヴォルディアス、生きとし生けるものの魂を見守る北の古代竜リウドデイルス、オゼリフ半島を守護する古代狼オーゼリフ。オーゼリフに至っては毎日リド村で子供たちと走り回って遊んでいます。

鳥に関する神様かなあ、ちょっと格の高い古代神かなあ、実は精霊だったりして、なんていろいろと考えてはみたものの想像がつかない。

有翼人たちが創世神《エザフォル》を崇《あが》めているとはザバから聞いていない。何かしらの神様を崇めているらしいが、俺たちが未だ見ぬ神なのだろう。

ルカルゥが神の子供だとしても、俺たちとルカルゥとの関係性は変わらない。畏《かしこ》まった態度で会話をしようものなら、ルカルゥは拗《す》ねてしまうだろうし、ザバは早口で文句をまくしたてるだろう。

さては、ルカルゥとザバを送り届けることに成功した我ら蒼黒の団だが、何かしらの騒動が待ち受けているだろうことは想像するに容易《たやす》い。

俺を見守っているんだか監視しているんだか、「青年」が素直に俺たちの旅路を見守るとは思えないんだよな。

厄介事になんやかんやと巻き込まれるのが俺たちなので、今回の空飛ぶ島でどんな問題があるのか怖さもある。

だがしかし、見たことのない光景、見たことのない動植物に俺の興奮が止まらない。

とりあえずあの昆布《こんぶ》らしき木？　は採取させてもらおう。許可もらえるかな。

それからクラルゾイド！　導《みちび》きの羅針盤《らしんばん》の動力源として使われていた、魔力を通しやすい真っ赤な魔石。あれ欲しいよなあ。ザバ曰《いわ》く、それほど珍しい魔石ではないそうだからいくつか買えたらなと思っている。

俺の最終目標はキヴォトス・デルブロン王国との交易。交易と言っても、地上に興味のある有翼人を募ってトルミ特区においでませ計画なんだけども。

やはり有翼人しか持っていない技術とか風習とかおばあちゃんの知恵袋的なものとか、教えてもらえたら良いなと思うわけでして。

そんでもって、転移門《ゲート》を置かせてもらえればルカルゥとザバはいつでもトルミ村に来られますよという魂胆《こんたん》……いや、計画です。

何事も平和にね。穏便にね。

誰もかれもが幸せになれる世の中になれば良いなとは思うけども、そう簡単に物事は進まないことも知っている。

だから俺ができる精一杯のことをやりたい。

1　ユムナの不安

「ルカちゃんとザバちゃんは元気にしているかしら」

遠い遠い空の向こうを眺めながら、ユムナはふと息を吐いた。

言葉を発することはないが表情が豊かなルカルゥと、朝から晩まで延々と喋《しゃべ》り続けるお喋りな守護聖獣ザバ。

両極端で相反する二人ではあるが、ルカルゥとザバはとても良い相棒だ。

ルカルゥの考えていること、言いたいことを全て理解するザバは、まるでルカルゥの心と言葉そのもの。多少誇張されたザバなりの解釈もあったのだろうが、ルカルゥはザバの言葉を一度も否定することはなかった。

生まれてからずっと空飛ぶ島で生活していたため、地上での生活が楽しくて仕方がないのですことよとザバはグネグネと興奮しながら言っていたのが印象深い。

ルカルゥは何をするにも笑顔でいたのを思い出す。

「ユムナちゃん、ふたりにはタケル兄ちゃんがいっしょにいるんだよ？　兄ちゃんたちはとっても強いぼうけんしゃだから、心配しなくてもだいじょうぶだって」

収穫した人参《にんじん》の葉っぱだけを切り、束《たば》を麻紐でまとめてくくったモモタは、ユムナが背負っていた背負子《しょいこ》に葉っぱの束を入れる。

「そうよね。きっと大丈夫よね。わたしも大丈夫だっておもうのだけど、すこしだけ不安になるの」

人参畑の畝《うね》に生えていた小さな草をつまんだユムナは、土を手で払ってから口に入れて咀嚼《そしゃく》した。少しだけ甘く、歯ごたえのある美味い草にユムナは自然と微笑《ほほえ》む。

そこらへんに生えている草を美味しく食べられるユムナを羨《うらや》ましがりつつ、モモタは熱中症防止のために村民に配られている塩と蜂蜜《はちみつ》味の飴《あめ》を口に入れる。口内に広がるあまじょっぱい味を堪能していると、この飴を考案してくれたタケルを思い出した。

「ユムナちゃん不安なの？　どうしてだろうね」

「わからないの。ルカちゃんがなにかをしたらダメなのだけれど、なにをしたらダメなのかじょうずに説明できないの」

「不安っていうのは怖いっていうのに繋がっているってあにうえが言っていたよ。ユムナちゃんはルカちゃんたちが何かをするのが怖いの？」

「ああ……そうだわ。そうねモモちゃん。わたし、怖いのよきっと。わたしがおもうわたしの不安がよくわからないっていうのはとても怖いわ」

「そうだね。怖いよね。でもね、困ったことがあるなら誰かにお話しすると良いよってあにうえが言っていたんだ。ユムナちゃんも誰かにお話ししたらどうかな」

「うまく説明することができないのだけれど、良いのかしら」

「みんな優しいから大丈夫だよ」

「それなら、ネフェルのお爺様《じい》ならわかるかしら。わたしが怖いっておもう気持ち」

「そうだね。ネフェル爺に聞いてみればわかるかもしれないね。それからおじいにも聞いてみよう。おじいは色んなことをたくさん知っているから、もしかしたらユムナちゃんの不安もわかるかもしれないよ」

青く澄んだ空にゆるりと流れる雲を二人で眺め、ユムナとモモタは互いに顔を見合わせて深く頷《うなず》いた。

ユムナの背負子に残りの人参の葉っぱの束を詰め込むと、モモタは大きな人参を両脇に抱えて立ち上がる。

今の時間のネフェルはユグルの地下魔法研究所にいるはず。様々な実験を行う魔法研究所に子供は近づいてはならないと言われているため、まずは木工細工工房にいるだろうレオポルンを探し、午後になったら蒼黒の団の拠点にある広間で寛《くつろ》ぐネフェルを探そう。

幼い二人の相談を快く聞いてくれる大人はトルミ村にたくさんいる。もしもレオポルンとネフェルの都合が悪かったら、グランツの爺様やアージェン様もいるのだ。

「ねえユムナちゃん」

「なにかしらモモちゃん」

「すこし考えたんだけどね、僕はおもうんだ。ユムナちゃんの不安はタケル兄ちゃんたちがなんとかしてくれるよ。今は遠くはなれているけど、ルカちゃんとザバにはタケル兄ちゃんたちがいっしょにいるんだから」

モモタが抱えていた不安も怖いのも心配なのも、蒼黒の団は消し飛ばしてしまった。

今は毎日が明るくて、優しくて、心地よい。

モモタはユムナと繋ぐ手に力を込める。

「ユムナちゃんもタケル兄ちゃんたちがいっぱい元気をくれたでしょう？　だから、きっとユムナちゃんの不安なのも怖いのも、タケル兄ちゃんたちがけっとばしてくれるよ」

トルミ村に来たばかりの不安そうなユムナの姿をモモタは覚えている。

暗い場所から広い場所に移り、花と緑と土の匂いをめいっぱい吸い込み、そしてふと感じた見知らぬ人の視線。

大きな背丈《せたけ》の人が皆揃ってアルナブ族を凝視《ぎょうし》していたのだ。

それは二足歩行の愛らしいうさぎが突然現れたのだから驚くしかなかった村人たちの視線なのだが、ユムナたちはそんな事情を知らない。

小さく震えて、怯えて、だけど空の広さと花の香りが嬉しくて、感情がぐちゃぐちゃになったあの時。

後々にモモタがコタロから聞いた話なのだが、コタロは怯えながらも喜びに涙を流すアルナブ族を見ていた。

アルナブ族がトルミ村に来たのは夜もとっぷり暮れた頃。村全体の落ち着かない雰囲気にコタロは目が覚めてしまったのだ。

タケルが不在の時は、必ずタケルの私室に潜り込んでタケルの寝床で寝ている兄弟。コタロはモモタを起こさないよう静かに床を離れ、密やかに行われたアルナブ族たちの移動風景を窓から眺めた。

見たことのない種族がブロライトと手を繋いで村の食堂に向かっている。一人や二人ではなく、何百人も。もしかしたらコポルタ族よりも多いかもしれない。村の大人たちも数人食堂に入っていった。

ブロライトが共にいるということは、蒼黒の団が彼らを連れてきたということ。

コタロは自分たちも蒼黒の団によってトルミ村に連れてきてもらった記憶を思い出した。

トルミ村の優しい雰囲気に心も身体も健《すこ》やかになった兄弟だが、それでも辛《つら》く苦しかった記憶を払拭《ふっしょく》できるわけがない。

ただ、タケルは焦らなくて良いと言っていた。怖いと思う心から逃げる必要はない。時間をかけてゆっくりと受け止めて、過去にこんなことがあったのだと思い出せるくらいにしよう。

たくさん食べて、寝て、遊んで、仕事の手伝いがしたければ好きな手伝いを選んでやれば良いのだから。

そんな話を兄であるコタロから聞いたモモタは、共に行動することが多いユムナの不安を一つでも取り除いてあげられたらと考えていた。

「うふふふ、そうね。モモちゃんがそう言うのなら、わたしの不安もけっとばしてもらいましょう」

「ばーんって、どかーんって、遠くまでけっとばしてくれるよ！」

「それはたのしみだわ！」

二人は尻尾《しっぽ》をふりふり、飛び跳ねながら木工細工工房を目指すのだった。

2　アルコフェドラの照り焼き

空飛ぶ島がありました。

青く広い空に浮かぶ白い雲の中に。

ぽかりと悠々《ゆうゆう》と、雄大な姿を晒《さら》した島。

俺の中の空飛ぶ島のイメージというのは、ガリバー旅行記の空飛ぶ島であるラピュータ。もしくは、巨大ロボット兵がぴゅーぴゅー飛んでいる有名なあのお話。

エルフの郷《さと》にあるような巨大な樹があってさ。朽《く》ちた城がかつての栄華を彷彿《ほうふつ》とさせる外観を想像していたんだけども。

「おっきな珊瑚《さんご》だ」

「ピュ？」

「あの真っ赤な塔が見えるだろう？　あれ、珊瑚だと思うんだ」

「ピュピュ」

島の中央に聳《そび》え立つ独特の形をした真紅の塔。

あれが島のシンボルのようなものなのかなと思って凝視していたら、塔のような超巨大珊瑚だった。ごつごつしていて、枝のようなものがいくつも生えていて、窓のようなものがぽこぽこ開いていて。

前世で見た世界の海中動画にあった映像の珊瑚そのまま。

島を覆い隠すほどのカラフルな森が巨大な塔を取り囲んでいる。独特な色彩は地上では決して見られない光景だ。あれもきっと珊瑚なのだろう。風に揺らめく昆布のようなもずくのような海藻に見えるものもある。

海の中ではないのに、島のあちこちで生えまくっている海藻。果たしてあれで出汁《だし》が取れるかどうか、なんて真剣に考えてしまう。海ぶどうないかな。

あれが空飛ぶ島、キヴォトス・デルブロン王国。

地上では幻とされ、御伽噺の一つとされている有翼人が住まう地。

ヘスタスがぶち壊した聖堂ってどこかなと必死で探すが、ここからは珊瑚の森と赤い塔しか見えない。

そうだよ。

聖堂ぶち壊した犯人の知人なんですワタシ、って言わないとならないんだよ。

ザバは島が制御不能になったと言ったが、島は穏やかに飛んでいる。思った方向に行けなくなったのかな。どちらにせよ、島がぐらんぐらん揺れ続けて困るようなことになっていなくて良かった。本当に良かった。

誰に問い、誰に詫《わ》びれば良いのか考えないと。

本来ならルカルゥを引き渡す時に言えば良かったのだが、あの空気の中聖堂壊したんですけど、なんて言えない。言っていたら捕らえられていた。

壊れた聖堂の様子を見て、修復できそうならピカピカに直させていただく。無論、理由も説明するし詫びもする。戦犯であるヘスタスを連れてこいと言うのならあのイモムシを喜んで連れてこよう。抵抗は許さん。ヘスタスの全面的な弁護をさせていただくよ。

島全体を覆うような巨大な球状の魔法が見える。俺が展開する結界のようなものだろう。隠すというより、島を完全に消すような魔法だ。

この魔法が今見えているのは俺と、ブロライトと、プニさん。あとビーも。

魔法自体を隠す魔法も混じっているな。俺にあの魔法が使えるかと問われれば、かなりだいぶすごく難しいけどたぶんできる。たぶん。

魔法を隠す魔法。隠匿《ソルシュ》の魔法とも違う。あれは俺より魔力ある人がいたら、見抜ける魔法だからな。

まるで光学迷彩《こうがくめいさい》や保護色のようだな、なんて感心してしまう。

「凄いな」

「うん？　何がだ」

「島全体を覆い隠す魔法が俺には見えているんだ。あの空のてっぺんから、島の底までおっきく、まるい魔法」

「結界魔法か」

「隠匿と、魔法そのものを隠す魔法。かなり高度な魔法」

「その魔法がかけられている故《ゆえ》に、あの島は隠れ続けることが可能なのか」

「たぶんね」

馬車の上から声をかけてくるクレイに空を指さして魔法の説明をしていると、黙って馬車を引いていたプニさんが一声。

——小賢《こざか》しい

「ぶるるっ」

プニさんは煩《わずら》わしいものを払い取るように首を振ると、強烈な風が吹いた。

「ピョッ!?」

「うわぶっ？　プニさん何するの！」

馬車は僅《わず》かにも揺れなかったが、御者台に座っていた俺は風をもろに受けた。

隊列を組んで馬車を警戒していた有翼人たちも、突然の突風に慌てる。

だが風は一瞬のことで、何故急に風を吹かせたのかと思えば。

「なんっ……！」

クレイが驚いた声を上げそうになったが、ブロライトに口を塞《ふさ》がれていた。ばちって音がしたから痛いぞあれは。

驚きに声を上げなかったスッスは優秀。しかし、目と口が開きっぱなしになっているのは駄目でしょう。

クレイとスッスが驚いているのは、島を覆う結界がプニさんの風によって露《あら》わになったからだ。

しかし有翼人たちは特に動揺もせず、瞬時に隊列を組み直した。

プニさんの加護なのか悪戯《いたずら》なのか、それともプニさんが嫌う誰かへの嫌がらせなのか。

魔法を隠す魔法がクレイとスッスにも見えるようになった。同じ光景を共有できるのはありがたい。

トルミ村に滞在しているユグルの魔法研究隊がこの光景を見たら、あの魔法は何だどうなっているんだようし研究だ真似しろ真似しろ解析しろ解体しろと鼻息荒く目の色を変えるはずだ。

島全体を包む魔法は、魔道具か何かで魔力を維持し続けている。動力源はなんだろう。

「恐ろしいほどに強い魔法じゃな。タケルは真似できそうか？」

クレイの口から手を放したブロライトは、馬車の上から顔だけを出して言う。

俺はうーんと考え、できるだろうけど構築するのが面倒というか、あんなでっかいもの覆い隠す根性がないというか、ともかく無理だと答えた。

「ユグルの誰かはできるかもしれない。でも、ありゃ膨大な魔力が必要になる。魔素水で例えるとクレイのカップ四杯分でひと月保てば良いくらい魔力を使う」

「そんなに強い魔法なのか」

「膨大な魔力を惜しげもなく使い続けているから、きっと術者の技ではないと思う。魔道具……古代遺物《アーティファクト》の何か凄いやつならできるかもしれない」

「ほほう、古代遺物《アーティファクト》……見せてもらえるかのう。兄上への土産《みやげ》話にしたい」

いやそれは無理じゃないかな。

お国の最重要機密だろうから、他種族には見せられないだろう。

「ピュピューピュ、ピューィ？」

お次はビーからの質問。

島のあちこちに生えている、ウネウネした植物が気になるようだ。

「あれはきっと海藻だな。あそこにあるのは昆布だよ」

「ピュイプ」

「そう。ダヌシェで買うだろう？　かっちかちの、濃い緑色の木の皮みたいなやつ」

「ピュイ！」

「あの鮮やかな色をした森は、おそらく珊瑚。珊瑚は海の中にある植物……動物だったかな。産卵していたから動物なんだろうけどマデウスの珊瑚はわからない。俺の故郷では色とりどりの珊瑚が海の中にあったんだ」

「ピュゥーイ」

独特な形をした家々が見えてきた。アルツェリオ王国ともエルフの郷とも違う、キヴォトス・デルブロン王国独特の建築様式。巨大巻貝っぽい家もある！　なにあれ！

この島には樹木が生えていない。精霊王リベルアリナが嫌いそうな環境だ。海藻は藻類《そうるい》だから植物ではないが、ヤツの領域なのだろうか。それともマデウスでは海藻も植物扱い？　ヤツに聞いてみたい気もするけど、いろいろと面倒なことになりそうだから絶対に呼ばないでおこう。

あの家は珊瑚で作られているのだろうか。木がないのにどうやって？　珊瑚って硬いの？

「空飛ぶ島は、珊瑚礁の島だったのか」

俺がぽつりと呟《つぶや》くと、ゆっくりと島を目指しながら馬車を引くプニさんの横を飛行していたファドラナーガが、飛びながら振り向く。

『地の子《ちこ》よ。何か問われたか』

急に言われ、彼に珊瑚という言葉が通じるかわからなかったため、慌てて赤い塔を指さして彼の言語で言った。

『ファドラナーガさん。あの大きな赤い塔が気になりましてね』

俺は既に空飛ぶ島をカラフル島と愛称で呼びたい思いがあるのだが、特に突き出た赤珊瑚の塔が気になった。

ファドラナーガは俺の言葉に頷くと、羽ばたきながら塔に向かって一礼した。

『我はファドラと呼ぶと良い。ナーガは神に仕える者の役職名のようなものだ。地の子は我ら種を有翼人種《ディアナーガ》と呼ぶのだろう？　我はその呼び名が好ましい』

なるほど。エルフみたいな長い名前ではなく、ファドラ僧侶、みたいなものか。

ファドラの表情はあまり変化がないように見えるが、自らの種族を有翼人種《ディアナーガ》と呼ばれていることが嬉しいようだ。

『俺はタケルって呼んでください。地上に住んでいる人は皆地の子ですが、地の子って名前ではないので』

『うむ。ならばタケルよ、あれは聖なる神の塔。我ら有翼人の崇める神の御所《ごしょ》である』

『御所。それなら教会のようなものなのかな』

『きょうかい。きょうかいとは何だ』

『人……地の子が崇める神を祀《まつ》る場所？』

『なるほど。同じような場所なのかもしれぬ』

有翼人のファドラは俺との会話に真剣な顔をして頷いているが、視線は御者台の後ろにある窓に向いている。

俺のローブの下から馬車の中に入ってしまったルカルゥの身を案じているのだろう。

馬車リベルアリナ号の周りには、極彩色の翼で空を飛ぶ有翼人数十人が取り巻きながら並走飛行をしている。

プニさんは無表情のまま飛んでくれているが、あれは不機嫌なのを懸命に隠しているだけだ。有翼人如《ごと》きが高貴なるわたくしを取り巻いて飛ぶなどと……というプニさんの愚痴《ぐち》をスッスが聞きつけ、こっそりと俺に教えてくれたのだ。

あとでプニさんの好物をたらふく食べてもらい、機嫌を直してもらうしかないな。今はキノコグミで我慢してもらう。

俺たちの用事が終わるまでどこかの空を飛んでもらっても良い。むしろ揉め事に巻き込まれないよう、そうしてほしい。プニさんは思ったことをぺろっと言ってしまうから、どんな言葉で有翼人たちを怒らせてしまうかわからないから。

ルカルゥとザバを送り届けるのなら、ルカルゥの保護者らしきファドラに預けるつもりだった。もちろん、聖殿を壊したことを白状して。

しかし、ルカルゥがむくれた顔をして顔をぶんぶんと左右に振り、断固拒否。俺のローブの下から馬車の中へと逃げてしまった。

ザバが「ルカルゥはもうしばらく蒼黒の団と共に過ごしたいとのことで。ええ、ええ、これまでたっぷりとっぷりお世話になりました方々にまさかのまさか、こんな空の上でご苦労様でしたとは失礼でございますことでしょう？　空の民たる我らが地の民であり子である彼らに最大限の礼を尽くさねばなりませんことで。せめてのせめて、我らの住処へと案内し、キヴォルが誇るもっちょり団子をご馳走《ちそう》してさしあげたいのでございますことで！」と、怒涛《どとう》のお喋りで俺たちを警戒していた有翼人たちを説得……説得したのかな。有翼人たちは渋々と島へと招く態勢に変えたので良しとする。もっちょり団子って何でしょう。

とにもかくにも。俺たち蒼黒の団は空飛ぶ島――キヴォトス・デルブロン王国へと正式に招かれることとなった。お喋りお化けたるザバのおかげさまだ。

馬車の屋根にはクレイとブロライトが警戒中。

武器こそ手にしてはいないが二人が放つ独特の威圧が放たれている。あれは周りを警戒しているわけではない。

「なにを喋ったのじゃ？」

「俺にわかるわけがなかろう……」

「むううう、わたしにもわかるよう喋れば良いに」

「後ほどタケルが説明するであろう。今ここで無理を言うわけにはなるまい」

二人はコソコソと話をしているが、俺とビーには聞こえてしまっているわけで。

有翼人であるファドラは種族独自の言葉を話すので、俺とビー以外には理解ができない。プニさんも理解しているのだろう。あの人アレでも神様だから。

不便ではあるが、言語翻訳魔法なんて便利なものは作れないし、種族の言語を尊重することも大切だ。こっちの言葉に合わせろ、なんて横暴な真似はしないぞ。

『貴殿が良ければ案内《あない》してやろう』

『え。宜しいんですか？』

『あれは島の象徴でもある。塔の内部に入ることは叶わぬが、神殿内ならば良かろう。巫女《みこ》たる者の許しが必要となるが……』

ファドラの視線は再び馬車へ。ルカルゥとザバを案じているのだろう。

現時点でビーは警戒を解いているし、スッスから怯えや警戒は消えている。馬車の上にいる二人はファドラの言葉がわからないからイラついているだけだ。

御者台には俺とビーとスッスが座った。ビーは俺の膝《ひざ》の上に移動して蜂蜜飴を舐めている。

スッスは時々プニさんの背に移動し、キノコグミを食べさせていた。

あれはトルミ村の地下栽培所で品種改良されたみかん味のキノコグミだ。地下墳墓産《カタコンベ》のキノコグミより歯ごたえがあり、味が濃厚。プニさんの新たなるお気に入り。

好物を食べたプニさんは微《かす》かに尻尾を振っている。

プニさんを不機嫌にさせる原因が空飛ぶ島にあるらしいんだけど、断固として行きたくないと言われてしまったら困るからな。なるべく機嫌を取り続けないと。

プニさんが馬車を引かなかった場合、浮遊魔法を纏《まと》った俺が馬車を引かなくてはならない。

有翼人に手伝ってもらって馬車を運ぶことも考えたが、今のところ馬車に触れられるのは蒼黒の団とルカルゥとザバだけ。

他はトルミ村の馬車作製に関わる職人たちしか触れられないよう設定してある。無論、馬車の中に入ることもできない。これはトルミ村を出発する際、ルカルゥ過保護軍団の強い要望により取り入れた新しい馬車用魔法付与である。

許可のない者が馬車に触れようものなら、まずは静電気くらいの軽い刺激があり、それでも諦めずに触れようものなら全身に強い痛みを感じるようにしている。

問答無用で馬車に入ろうものなら睡眠の魔法が発動してしまうので、そこは気をつけてくださいねと穏やかな微笑みと共に説明させてもらった。

昏倒《こんとう》したのだろう有翼人が数人に掴まれて飛んでいる光景が見えるが、気をつけてねと警告したのに言うことを聞かなかった連中は知らん。

大体、許可もなしに馬車に入ろうとする魂胆が気に入らない。いくらルカルゥが心配だったとしてもだ。

「兄貴、兄貴、あの塔に案内してもらえるんすか？」

御者台に戻ったスッスが赤珊瑚の塔を指さして問う。

「スッス、俺とファドラの会話が理解できたのか？」

「おいらはオグル族たちと暮らしているんすよ？　言葉はわからなくても、身振り手振りや表情なんかで言いたいことはなんとなくわかるんす」

なるほど。

スッスの故郷であるオゼリフ半島のリド村では、小人族とオグル族が共存共栄している。オグル族はマデウスでの共通言語を話せなかった。だが小人族との交流を深め、今では小人族がオグル族の言葉を理解し、オグル族がマデウス共通言語を理解できるようになったのだ。

そんな環境で暮らしていたスッスは、ファドラが何を言いたいのか、何を伝えたいのかが本能で理解できるのだろう。

「おいら、あのファドラナーガさんは優しい人だと思うっす。おいらたちに丁寧な対応をしてくれるし、ずっとルカルゥとザバの心配をしているんすよ」

「俺もそう思う」

「ピュイ」

馬車の中に強引に入ろうとしていた連中はともかく。

ルカルゥとザバを案じているファドラは確実に人格者だ。そして、ルカルゥの保護者のような存在なのだろう。ルカルゥが神の子供なら、その従者か。関係性は後ほど聞くとして。

ファドラの顔が猛禽類だから表情はよくわからないのだが、目は口ほどにものを言う。

ルカルゥが隠れているだろう馬車を眺める目はとてもとても優しい。ルカルゥの帰還を心の底から喜んでいるはずだ。実はファドラがルカルゥの父親だったと言われても納得する。

そうだ。聖堂を壊した経緯を話す際はファドラにも同席してもらいたい。

彼になら烈火の如く叱られても、申し訳ないと素直に頭を下げられるだろう。

「ピュピュー、ピュイィピュッ」

ビーが俺の腹を叩いて訴える。

気がついたら島を覆う魔法のドーム間近まで来ていた。

島を消すための魔法は、均一で丁寧な魔法なのがわかる。この魔法、もしくは魔道具を作った人は相当な腕を持った錬金術師か魔術師だろう。恐ろしく拘《こだわ》って作ったに違いない。

『ファドラさん、我々が島に入っても宜しいんですか？』

こんな繊細な魔法にプニさんが引く馬車が突っ込んだら、プニさんの神様パワーとビーの何かしらのパワーが重なって魔法が消えてしまうかもしれない。

俺が焦ってファドラに問うと、ファドラは深く頷いた。

『貴殿らは既に我らが神の領域に入られた。我らに害を成そうとするものは塵となるだけだ』え。

なにそれこわい。

トルミ村の入村試験でもそこまで厳しくないんだけども。

プニさんの尻尾が揺れなくなった。ピリッとした緊張感が馬車を包む。

この緊張感はプニさんが行きたくない領域に行かなくてはならない時の緊張感。例えば臭《くさ》い大きな沼の上とか、霧で隠れた渓谷を走る時。プニさんが嫌がっているんだなという気配がピリピリと伝わってくるのだ。

――あのものは　無駄に……

「プニさんどうした？　気持ち悪いの？」

――我の　警告を　ないものとして……　忌々《いまいま》しい……

「プニさん静電気ちょっと出ているよ！　抑えて！　今ここで静電気対策の結界張るとどうなるかわからないからやめて！」

――アルコフェドラの　照り焼き

「は？　……照り焼き？　ランクAの捕りにくい虹雉《にじきじ》肉じゃないか！　俺は持っていないけど、ええと、スッス、在庫あったっけ？」

「えっ？　ええっと、確か、確か、馬車の保管庫に少しだけあったと思うっす！」

「少しだけってどのくらい？」

「すこ、少しと言っても、おおお、おいらじゃ食べきれない量っすよ？」

「クレイの腹でどのくらいのお代わりぶん？」

「……五回？」

「足らん！　クレイ！　虹雉肉の在庫って持ってる？」

「あれは貴重な肉だからと分けてあっただろう。トルミの食糧庫にも確か……」

「そうだった。いやでも、盛大な見送りをしてもらったからすぐにトルミ村に戻るのはちょっとアレじゃない？」

「妙なことに拘るのならば、虹雉肉は手に入らぬぞ」

わかっちゃいるけど。

「ブロライトは？」

「兄上と母上に差し上げたぞ。タレ味と塩味は絶品じゃったと喜んでおった」

「そうだった。俺が薦《すす》めたやつだそれ。そうだった」

「馬車が停車したら転移門《ゲート》を開けば良いのじゃ。フルゴルの郷《さと》付近で狩れば良かろう？」

そういう問題でもないのだ。

俺が簡単に転移門《ゲート》を使える術者なのは、何人《なんぴと》相手にも極秘にしろとグランツ卿に強く言われているだろうが。ブロライトをジト目で見てやると、俺の言いたいことが理解できたのかブロライトは慌てて口を押さえた。

プニさんがリクエストをしたアルコフェドラは、虹色の尾羽が輝く貴重な雉だ。

ご機嫌がナナメなプニさんの無理難題にできるだけ応えてやりたいが、ないものはないと考え、他に喜びそうな食事を用意しなければ。

不機嫌になったプニさんがここで帰ります、なんてことになったら困る。

俺は御者台の後ろの扉を開け放ち、虹雉肉が保管されているだろう保管庫へまっしぐら。

貴重な虹雉肉は塊であるにはある。しかし、やはりスッスの見立てのようにクレイのお代わり五回分しかない。刻んでハンバーグにしても良いが、プニさんは照り焼きを所望。ここでプニさんの望んだ料理を出せないとは言いたくない。これはもう、俺の意地だ。

「スッス、大鍋にセイコガニの卵入り雑炊を作ろう！　カニ肉と野菜たっぷりで！」

「うえっ？　今からっすか？」

「馬車が止まったらプニさんにあげないと、不機嫌通り越して有翼人たちに攻撃しちゃうかも」

「なんでっすか？」

「何か知らないけど、あの島にはプニさんの嫌いなものがあるみたい」

俺の焦りに不穏な気配を察したスッスは、俺に続いて御者台の後ろの扉を開いて馬車の中に入る。

クレイとブロライトにも屋根から降りてもらい、野菜を手でちぎる作業を手伝ってもらう。

掘りごたつ式になっている座卓の下に隠れていたルカルゥは、思わずといった顔でこっそりと出てきてしまった。

――ぱちん

あ。

今、島を覆う魔法の結界を抜けたな。

馬車は無事に入国することができたのだろう。島を覆い隠す魔法の中に入れただけでもまずは良しとせねば。

一気に駆け巡る独特の波を持った魔力。俺の全身を包み込み、指先から髪の毛の先まで纏わりついている。

嫌な感覚は一切ないのだが、誰かの魔力が俺の魔力を探っているようで少しだけ気になる。魔力に敏感なブロライトは嫌悪感を露わに顔を顰《しか》めていた。

まるで俺たちを見分《けんぶん》しているようであり、魔力に僅かながらの怯えも感じられる。何故怯えているのかはわからないが、ほんの微かな波だったので今は消えてしまった。

誰かが、確実に俺たちを見ているな。

遠《とお》見《み》鏡《かがみ》のような魔道具で見ているのか、それとも。

「プニさん！　照り焼き以外の肉は何味にするの！」

――タレと塩

虹雉肉を細かくし、金属製の串に一つ一つ刺していく。じゃっと炒めれば簡単なのだが、プニさんは串に刺した形の料理を好む。しかも照り焼きとタレは違う味付け。面倒くさいこと頼みやがって。

まさか空飛ぶ島に降り立つ前にこんな慌ただしく料理をすることになろうとは。

神様の機嫌を損なわないようにするのも一苦労だ。

「プニ殿が苦手とするものとは何だ？」

クレイが白菜をちぎりながら大鍋に入れていると、ブロライトが茜《あかね》キノコを裂きながら大鍋に入れる。

「同種……いや、古代馬《アルタトゥムエクルウス》はひと柱のみじゃ。プニ殿が苦手で嫌いなものとなると、プニ殿が苦手で嫌いなものなのじゃろうな」

それが何なのかという話なのだが、今は言うまい。

古代馬が苦手とするものなんて、誰も想像ができないのだから。

空飛ぶ島、キヴォトス・デルブロン王国への入国はとても騒がしいものになった。

3　頭虫《あたまむし》の洗礼

ゆっくりと、だが至極あっさりと。

俺たちは空飛ぶ島へと馬車で入国することに成功した。

色とりどりの珊瑚の森に、風に靡《なび》くカラフルな海藻。中空にはクラゲが泳いでいて、あのクラゲはモンスターではなく無害な動物らしい。ふわふわと風に漂う姿は幻想的だ。リュウグウノツカイみたいな生き物も飛んでいる。大きなシャコ貝が優雅に泳いでいる……どんな生態なんだあれ……食えるの？

ここ、空の上なのに。まるで海中にいるみたいな光景だ。

赤珊瑚の塔は雄々《おお》しく聳え立っている。とても大きな塔なのだろうな。てっぺんは雲に覆われて塔の全容が見えない。

馬車は島の端っこの端。巨大な空飛ぶ帆船が停留している場所に降り立った。

あの帆船でマティアシュ領と交易しているのかな。特徴的な三本のマスト。船に関して詳しくはないが、海賊映画で見たガレオン船に似ている。かっこいい。ダヌシェの港に停泊されている船よりも大きいな。倍以上ある。

プニさんの機嫌を損ねないよう、馬車が地面に着いた瞬間に俺たちは即座に馬車を降り、プニさんに魔素水を与え、焼きあがったばかりの虹雉焼きを与え、大鍋に用意したセイコガニの野菜たっぷり雑炊を与えた。

俺たちを警戒している有翼人たちは、何を馬如きにそんな料理を……という顔をしていたが、プニさんが瞬時に人型に変化すると皆目を見開いて驚いていた。

スッスが用意した野営用の机と椅子に並べられた料理を確認し、プニさんは真紅の塔を睨みつけてからぷいっと顔を背《そむ》ける。そして椅子に座って黙々と料理を食べ始めた。

文句を言わないということは、現状この料理で満足してくれるということだろう。

ベルカイムで買いためておいた甘い焼き菓子も添えて。

『タケルよ、あのお方は一体……』

不貞腐《ふてくさ》れながらも上品に、だけど素早く料理を食べ続けるプニさんを眺めながらファドラが尋ねる。

一体何だろうね、と答えたいよまったく。

『俺たちの仲間なんだけど、人に変化できる馬です。あくまでも、馬ですよ？』

『なんとも不思議な種族だ』

そりゃ古代神のひと柱ですからね。

馬車はこのままこの場所を借りて置かせてもらう。プニさん用の馬房は馬車の中にあるので、プニさんがいつでも好きに馬房に入って休んでもらえるようにした。

「ルカルゥ、ザバ、着いたっすよ」

スッスが二人に声をかけると、ルカルゥはスッスの手を握りしめ口をとんがらせたまま馬車を降りてきた。子供らしい拗ね方ではあるが、ルカルゥらしくないといえばらしくない。少なくともトルミ村ではそんな不機嫌そうな顔、見たことがなかった。

ザバはルカルゥの襟巻になっていて、一言も話そうとしない。

ここぞとばかりに喋るはずのお喋りお化けの沈黙って怖いんだよ。

ファドラは駆け足でルカルゥの傍に行き、その場で膝をついて頭を下げた。ファドラのお付き？の戦士たちも数十人が一斉に膝をつく。

『ルジェラディ・マスフトスのご帰還であらせられる！　ナーガたちよ！』

大地を震わすような大声を出すファドラにルカルゥが僅かに怯えた。いやそりゃ誰だってそんな大声出されたら怖いって。

船着き場の奥のほうで待機していた白装束を身に纏った有翼人たちが、数人すすすすすと足音もなく近寄って来る。全員で八人か。男女比率も半々。白い翼の人ばかり。

『ルカルラーテ様、ようご無事でお戻りくださいました』

『さささ、お疲れでございましょう。神殿にお戻りを』

『巫女様もご心配なされておられたのですよ』

『そのようにお痩せになられて……我らが想像もつかぬような過酷な目に遭われたのでしょう』

『まあまあお可哀想に』

白装束の男女たちはそれぞれ好き勝手に言い始め、ルカルゥの言葉を聞こうとしない。

ルカルゥは必死に「違う」「そんなことない」「元気だから」と口をぱくぱくさせながら伝えようとしている。

そりゃルカルゥは喋れないけどさ。スッスの手を両手で握りしめ、放そうとしない態度を見れば想像つくじゃないか。

本当は、帰りたくなかったんだと。

俺は笑顔を絶やさないまま、隣で腕を組んで仁王立つクレイに問う。

「……ルカルゥ、痩せたの？」

クレイは首を傾げ、「……村の子らと走り回って遊んでおったから、引き締まりはしたな」と答えた。

痩せたというより、健康的に締まったと言うべきじゃないかな。

トルミ村に落ちてきた時のルカルゥは、ぽっちゃりというかぷくぷくしていた。言葉を選ばないで言うと、子供にしては太っていたのだ。

子供が太っているのは裕福な証拠だと言う説もあるが、王都の貴族街で見たまるまると太って服のボタンが弾け飛びそうだった子供は健康が気になった。

ルカルゥはトルミ村産の野菜や果物、新鮮な肉などの料理を三食健康的に食べ続け、遊び、時々野菜の収穫を手伝い、たっぷり昼寝をし、たまにおやつを皆で笑いながら食べた。

そうしたらひと月も経たないうちにするすると瘦せたというより、年相応の健康的な身体になったと言うべきだ。俺は今の今までルカルゥの体形なんて気にも留めていなかった。

ルカルゥは白装束たちの伸ばした手を取ろうとしない。スッスの背中に隠れ、今にも馬車に戻ってしまいそうだ。

『ルカルラーテ様？　如何《いかが》なされたのですか』

『誰か神輿《みこし》をこれに。地の子との接触により穢《けが》れを纏われておるやもしれませぬ故』

失敬な。

穢れってあれだろ？　ルカルゥの持病である土過敏症《アレルギー》。

今のルカルゥを見て気づけないのかな。俺たちが傍にいるのに、クシャミも咳《せき》もしていないじゃないか。

馬車の中では常に快適無敵の清潔状態だからな。風呂にも入っていたし、俺たちは全員地上の塵一つも身に着けていない状態。

ルカルゥが有翼人らにとって特別な子で、大切に慈《いつく》しんでいる子供だということはわかった。

だがなあ、ちょっとなあ、過保護すぎるというか。崇めすぎているというか。

まずは心配したと言い、ぎゅっと抱きしめ、そのあとで何故島から降りるなどと危険な真似をした、なんて怒ると思うんだけど。

ルカルゥは片翼が不自由で、滑空することも上手にできるとは言えない。それなのに五体満足で健康で、怪我一つなく無事に戻って来たのだから褒めるべきだ。

白装束たちは俺たちに対して無礼というか失敬というか、俺たちをいないものとして扱っているくせに、言っていることは辛辣《しんらつ》。俺たちをチラチラ見ては睨んでいる。

言葉が理解できないから好き放題言っているんだろうけど、もっと言葉を選べよとは思う。俺は怒ったりしないけど。大人だからね。

トルミ村の住民はやはり異常なほど優しかったんだなあ、なんて遠い目をしてしまう。

クレイの隣に立っていたブロライトが、クレイを押しのけて白装束たちを指さした。

「タケル、あれは絶対に我らを侮蔑《ぶべつ》しておるのじゃろう」

「ピュイ……」

こらこら、人を指さしてはなりません。失礼な真似をされたからって失礼な真似をしたらいけませんよ。ビーも戦闘態勢を取るのをやめなさい。グーをしまいなさい。その振り上げたグーで何をするつもりなの。

俺はブロライトの指を隠すようにブロライトの前に立ち、ビーを脇に抱えて拘束する。

「何言っちゃってんのブロライトさん。そんな、こと、ナイヨー」

「いいや、あの目は我らを蔑《さげす》む目じゃ。それに見てみい、ルカルゥのあの顔を。可哀想に怯えておるのじゃ。このままトルミに連れ帰ったほうが良いのではないか？」

「もうちょっと様子見ないと。それに、俺が有翼人の言葉を理解しているってことを知るのはファドラだけだ。ファドラの顔、見てみな」

白装束たちの立場がファドラよりも上なのかはわからないが、ファドラは悔しそうな顔をして俯いている。

悔しいというよりも、申し訳ないような、苦しそうな。

「あとで事情を聞こう。だからこの場は堪《こら》えて」

俺はブロライトとクレイに目配せをすると、ビーの頭を撫でた。

「ピュイ？」

「郷に入っては郷に従え。有翼人の常識が俺たちにとっての非常識だったとしても、それが悪いことだとは言えないだろう？　俺たちはあくまでも外の国から来た異邦人だ。しかも、招かれざる客だぞ？　失礼な真似をしたのは俺たちであって、彼らは職務に忠実に動いているに過ぎないんだ」

「ピュウー……」

ほっぺたを膨らませて拗ねるビーを宥《なだ》めつつ、クレイとブロライトにも視線を移す。

二人は考えるよりも身体が動いてしまう性質なので、ひとまず落ち着いてもらいたい。

俺だってルカルゥにそんなこと言うなと叫んでしまいたい衝動を抑えているのだから。

「……まずは様子を見守る。ルカルゥが助けを求めたら応える。我らは即座に行動に移せるよう警戒する。これならば良いか」

クレイが不満たらたらに言うと、ブロライトもほっぺたを膨らませながら渋々頷いた。

「ルカルゥを泣かせるような真似は許さんのじゃ」

「ピュ」

俺も許さんよそんなこと。

白装束たちに取り囲まれて慌てているスッスの手を放そうとしないルカルゥ。

ルカルゥは本来人が嫌がることをしない。ザバもルカルゥを諌《いさ》めるし、今の状況がスッスを大いに困らせていることはわかっているのだろう。だが、それでもスッスの手を放したくないのだ。

この時点でルカルゥの状況を察すると、ルカルゥは白装束たちが好きではない。あの過保護っぷりが嫌なのか、俺たちのことを侮蔑の目で睨む態度が嫌なのか、仰々《ぎょうぎょう》しく崇められるのが嫌なのかはわからない。俺としては全部嫌だろうなとは思う。トルミ村で腹を抱えて笑い転げていたルカルゥが懐かしい。

入国した俺たちを警戒するのはよくわかる。むしろ無警戒でホイホイと他種族を受け入れてしまうほうが恐ろしい。

桟橋のはるか向こうから黄金に輝く輿《こし》がやってきた。

白いベールに四方を隠されたいかにも高貴な方が座するために用意された輿。屈強な猛禽類顔の白装束有翼人が四人、輿を担いでいる。ちょっとかなり怖い光景。

もしかしてルカルゥをあの輿に乗せるつもりか？　いやいや、お手々繋いで連れて行ってやんなさいよ。時々ブーンッて飛ばしてやると喜ぶんだから。

「ルカルゥ、まずはこの人たちの言うことを聞いたほうが良いっす」

「……、……」

「きっとたっぷり心配していたんすよ。だから皆を安心させてほしいっす」

「……！」

「おいらたちはすぐに帰ったりしないっすよ！　ルカルゥはトルミ村の大事な大事な子供っす。それに、おいらたちは素直に引き下がるほどお行儀は良くないっすよ？」

スッスがルカルゥの目線に合わせてしゃがみ、こそこそと内緒話でルカルゥを説得している。

俺たちは揃って耳が良いので、丸聞こえ。おまけにスッスの特殊技能《スキル》である「内緒話」を使ってくれているからこそ、俺たちにも聞こえるようにしているのだろう。

スッスに芽生えた新たなる技能《スキル》は「内緒話」。言葉を聞かせたくない相手と聞かせたい相手を選ぶことができるという、リルウェ・ハイズなら誰もが所持している技能《スキル》だ。

案の定、ファドラも周りを取り囲む白装束も、スッスとルカルゥの会話が聞こえていないようだ。おまけに俺たちはルカルゥの表情や仕草でルカルゥの伝えたいことがわかる。これはルカルゥとたくさん接していたから理解できるようになったのだ。

それがわからない連中は、ルカルゥと密に過ごしていないな。

ルカルゥの目の前に輿が下ろされると、ルカルゥは目に涙を溜めてスッスに抱き着く。

スッスはルカルゥの背をとんとんと優しく叩くと、ルカルゥの身体を放して輿へと誘導した。

誰も彼もが深く頭を下げたまま。白装束たちすら。

いやいやいやいやいや、ちっちゃい子があんなでかい輿に乗ろうとしているんだぞ？　誰か抱っこしてやれよ！

案の定ルカルゥは輿に乗るのに一苦労。段差がある輿に必死に乗ろうとしている。ルカルゥの背の羽は片方動かないのだから、誰かが介助をしないと。

だが周りの連中は動かない。

そんな光景に嫌気がさしたのか、ブロライトが無言で近づいてルカルゥの身体を抱き上げた。

『ルカルラーテ様に何をなさる！』

ルカルゥの一番傍にいた白装束の女性が声を荒らげるが、ブロライトは冷たい視線で彼女を見下ろす。睨まれた女性は小さく悲鳴を上げると、腰を抜かした。

ブロライトがここまで怒るのは珍しい。少しだけ怒気というか威圧を放ったようだ。普段は対モンスター戦にしか出さない、対象の怯えを増幅させる効果がある威圧。

これを真っ向から受けてしまった人間には全身を恐怖が走り抜ける。例えがたい恐怖なので説明が難しいが、底の見えない崖っぷちから落とされたような感覚に似ているらしい。と、訓練で威圧を受けたことのあるスッスが言っていた。――ブロライトは威圧が有翼人にも有効な手であることを確かめたのかな。

「子の気持ちを理解しようと努力すらせぬ奴らなぞ、必要ないのじゃ。ルカルゥ、助けてほしい時は必ず誰かを頼れと言うたろ？　我らにはルカルゥの声は届くのじゃからな」

静かに怒りを放つブロライトは、ルカルゥの頭を撫でてからゆっくりと輿に乗せた。

「ザバ、我らの力を欲する時は遠慮なぞするな。困った時は声を上げろ。タケルが何か悪だくみをしてくれるぞ。お前も頼れ」

「……」

「今は相手方の様子を見ることも必要じゃ。しばし辛抱《しんぼう》するのじゃ」

大粒の涙を溢れさせたルカルゥに、ブロライトは腰に下げていた巾着袋から白い布を差し出した。あれはよく泣くブロライト用の鼻かみ布なのだが、新品なのでルカルゥに使っても良しとする。

ブロライトは輿を覆う布を下げてしまうと、スッスを伴って俺たちの元へと戻った。

白装束たちはそれぞれ顔を見合わせて困惑していたが、猛禽類顔の白装束を纏った有翼人たちが輿を上げると、俺たちと距離を取りながら移動を始めた。

「クレイ、耐えてくれてありがとう」

今にも太陽の槍でそこら辺を薙《な》ぎ払いそうなほど怒っていたクレイに声をかけると、クレイは鼻息荒く眉根を深く寄せる。

「ふん。地上の民は感情に任せて武力に訴える種と思われるのは業腹《ごうはら》。お前こそよく声を荒らげなかったな」

「ルカルゥに媚《こ》びへつらっていた白装束たちの魔力は覚えたから、衣装を変えようが変装しようが無駄」

「闇討つのであれば一人で行うでないぞ」

「時と場所と状況に応じて、全員でやろうじゃないか」

「ふふふ」

「ふひひ」

俺たちが二人で怪しげに微笑んでいると、輿が見えなくなるまで頭を下げていたファドラたち有翼人の戦士がやっと頭を上げた。

だがファドラは苦しそうに目を瞑《つむ》り、膝をついたまま再度俺たちに頭を下げた。

『地の子らよ、誠に無礼な真似をした。我の謝罪などでは足らぬが、今は怒りを収めてくださらぬか』

ファドラが謝罪の言葉を口にしたことで、立ち上がろうとしていた戦士たちが再度膝をつき、揃って深々と頭を下げた。

よし。

戦士たちは常識のある人たちのようだ。

ファドラの統率力も素晴らしい。

「クレイ、ブロライト、スッス、彼は心からの謝辞をくれたよ」

俺がファドラの言葉を通訳すると、クレイは苦く笑った。

「我らに謝罪などするな。お主はしきたりやら伝統とやらに従ったまで。異邦人である我らはお主らの戒律に従う身である」

クレイの言葉をそのまま伝えると、ファドラたち有翼人の戦士らはようやっと緊張を解いてくれた。中には力が抜けてその場に倒れ込む者も。

『貴殿らの底知れぬ力の片鱗を垣間見たが……これほどとは。地の子は皆貴殿のような猛者《もさ》らばかりなのか?』

ゆっくりと立ち上がったファドラも苦く笑ってくれた。

ブロライトの威圧だけではなく、抑えきれないクレイの威圧もチョロチョロ零《こぼ》れ出ていたからな。ある程度の力量がある人ならクレイの戦闘能力の高さも測れるのだろう。

ファドラの身長はクレイより少しだけ低い。だが、有翼人の中ではとても大きいほうだ。

ようやっと立ち上がり始める戦士たちは、ブロライトと同じくらいの背丈か、少し低いくらいの者が多い。俺はブロライトより背が高く、ファドラよりは低いくらい。

戦士たちは全員カラフルな大きな翼を持っている。ルカルゥ過保護軍団の白装束連中は全員白い翼だった。

翼といえば思い出すのがゼングムの翼。

ユグル族の次期国王であるゼングムは黒くて紫っぽくて、太陽の光で虹色にも見える蝙蝠《こうもり》のような翼を持っていた。ゼングムたちユグル族の翼もかっこいいのだけど、ファドラの極彩色の翼もかっこいい。

ファドラを中心に横一列で並んだ戦士たちは、精鋭部隊のようだ。

島の周辺を見回ったり、緊急事態にいち早く駆け付ける戦士たちなのだろう。ルカルゥのような高位の人の護衛をしているのかもしれないな。

俺たちも馬車の前に集合し、並ぶ。

『もう一度紹介しておくよ。こいつが俺の相棒のビー』

「ピュイ！」

『そんで、でっかいリザードマンがチーム蒼黒の団のリーダー、クレイストン』

「うむ」

『ルカルゥが大切にしている馬の木工細工を作ったのが、エルフのブロライト』

「よろしく頼むのじゃ！」

『ルカルゥの食の好みを一番よく知っているのが、小人族のスッス。ちなみにルカルゥが一番懐いているのもスッス』

「そ、そんなことはないっすけど！　でも、ルカルゥは温かい蜂蜜入りの果汁の飲み物が好きっす！　おいらは忍者のスッスっす！　宜しくっす！」

『それで、俺が唯一の通訳で素材採取家のタケルです』

以上、蒼黒の団の紹介を終えようとしたら。

『わたくしを忘れてはいませんか』

食卓にこれでもかと並べていた料理を全て平らげたプニさんが、何食わぬ顔で俺の肩を叩いた。

え。今まで誰かにプニさんのことを紹介なんてしたことなかったよ？

おまけにプニさんも有翼人特有の言葉を話している。通訳二人目やったー、なんて喜んでやらないからな。

「なんて紹介する？　蒼黒の団の……頼もしい馬？」

『ぶるるっ』

目を輝かせて頷くプニさんに、それでいいのかなあと思いながらも紹介。

『頼もしい、馬です』

『馬……？』

『あのような馬、知らぬ』

『馬なのか？　本当に？』

ファドラを筆頭に、ざわめく戦士たち。

『そもそも馬ってご存じでした？　この国に馬っています？』

プニさんが綺麗に平らげた食器をスッスが片付け始め、クレイとブロライトも続いて食器を片付けつつ馬車に乗り込んで入国の支度をする。

俺は鞄の中に必要なものを全て入れているから、入国準備は万端。

『馬……地に存在することは知っていた。人を乗せて運ぶ生き物のことを言うのだろう』

『そうです。俺たちが住んでいる国——アルツェリオ王国では、空を飛ぶものでも海を渡るものでも、人を乗せて運ぶことができる生き物は総称して馬って呼んでいます』

立派な翼を持つ有翼人たちには無用の長物なのだろうなと思いながら続ける。

『地上にも空を飛ぶ種族はいるんです。だけど、空を飛べない人のほうが多いから、皆馬に助けられていますよ』

俺の説明にプニさんが何故かドヤ顔をして胸を張っている。馬のことを褒めるとプニさんは毎度この態度を取るので気にしていられない。

支度を整えた俺たちをファドラが誘導し歩き始める。

俺たちの後ろに四人の戦士らが付き従い、他の戦士たちは先ぶれを出すために桟橋から空を飛んで行った。

有翼人たちは島に降り立つと、特定の場所でしか空を飛んではいけない決まりになっている。基本的に島では歩くと。

ここらへんはトルミ村と同じだな。ユグル族には指定された場所以外での飛行は禁止している。

埃が舞い上がったり精霊王《ドリュアス》の花を散らしてしまったりするから。

船の停泊所から島の中ほどへと俺たちは案内されるらしい。ファドラは俺たちにとりあえずの滞在先を教えてくれるそうだ。

背丈の低い珊瑚の森に囲まれた白い道が続く。

じゃりじゃりとした砂のような感触の白い歩道。これは珊瑚の砂かな？

両脇には背の低い……あれ昆布だよな。そこらへんの草感覚で風に靡《なび》いてふよふよと生えているが、絶対に昆布。トサカノリやテングサのような海藻も見える。あっ！　あれ海ぶどう？　海ぶどうっぽくない？　海ぶどう発見！　あれ欲しい！

歩きながら無詠唱でそこらへんの海藻に調査《スキャン》しまくる。どれもこれも食用可能。水で洗ったり煮たり干したりと加工が必要なものもあるが、海ぶどうは洗うだけで食べられる。やった。やった。特製ポン酢で食いたい。

それから時々目にする小さな光る物体。

あちこちで数匹が集団となり、等間隔でふわりふわりと浮いている。

なんだろあれ。

教えて調査《スキャン》先生。

【ムチュル・リスタ】
齧歯類《げっしるい》に酷似しているが、力のある精霊。

意思を持たず、特定の魔力を好んで集う性質。暗いところでぼんやり光ります。

幸運を運ぶ精霊であり、気に入ると頭の周囲に居座り、宿主の魔力を糧《かて》に加護を与える。

背が高く、清い魂の者を好むと言われています。木の実も食べます。


ええと？

つまりが精霊なのか。

精霊っていうとあの緑色のバケモノ……いや、尊いむっちり精霊王リベルアリナを連想するから、他にも精霊って目に見えたんだなと。

ぼんやりふんわりゆらゆらと、光る精霊は風が吹いてもその場で上下にゆらゆらり。

よくよく見ると、海藻の合間や珊瑚の森の中にも点在しているようだ。

『頭虫が気になるのか？』

横を歩いていたファドラに問われ、俺は首をひねる。

『あたま、むし？』

『我らは頭虫と呼ぶ。あちらこちらにおるが、害のない虫だ』

頭虫ってアレだろ？　夏場とかによく見る蚊柱《かばしら》のこと。蚊に似ているけど、ユスリカっていうハエ科の生き物。

前世の同僚が蚊柱のことを頭虫と呼んでいるのが印象に残っていたから覚えていたんだ。俺は頭虫って呼んだことがないから。頭虫って方言なのかな。

それじゃあ、あの光る奴らは全部虫なのか。やだなー、なんて思っていると。

クレイの尻尾が海藻の合間にいた頭虫の群集に触れた。無意識だったろうが、頭虫は尻尾を避けて散らばるかと思いきや、数匹が猛烈な勢いでクレイの頭上に飛んできた。

「ぬうっ？　な、なんだこれは！」

クレイの眼前をふよふよと浮かぶ光る物体は、クレイが手で払い除《の》けようとしても怯《ひる》まない。

『頭虫に気に入られたか。噛んだり刺したりすることはない。しばらくすれば飽《あ》いて他に行く』

ファドラが笑って言うが、クレイは鬱陶《うっとう》しそうに虫を追い払おうと藻掻《もが》く。しかし、頭虫たちはめげずにクレイの手を上手に避けて。

そうして歩きながらしばらくすると。

「おあああっ⁉」

珍しくクレイが素《す》っ頓狂《とんきょう》な声を上げた。

俺とファドラが揃って振り向くと、そこには――

もっふりとした姿に変化したネズミ。

いや、あれはまるで。

ころりとした、もふりとしたフォルム。円《つぶ》らな瞳。鼻をひくひくと蠢《うごめ》かせ、クレイの顔から離れるまいと必死に藻掻くその姿は。

4　屋敷内探索

「っふ」

「うぷぷ」

「ピュプーィ」

「んっふ」

それぞれ口を両手で押さえ、顔を背け、肩を震わせ懸命に我慢する。

対面には不貞腐れて機嫌の悪いクレイの形相《ぎょうそう》と、クレイの顔の周りをふわふわとゆっくりと飛ぶ光るハムスターが五匹。

至極満足そうな顔をして中空をゆっくりと上下しながら浮かぶハムスターは、ファドラが『頭虫』と呼んでいた精霊だ。

考えてもみてほしい。

見た目が怖い屈強な男の周りに、愛らしい姿のハムスターが穏やかな顔してふわりふわりと飛んでいるのだ。

俺としてはコポルタ族とアルナブ族の中に頭虫を浮かばせたら、それはそれは平和な絵が描ける

だろうと想像したのだけど。

クレイはぶっすりと機嫌を悪くしたまま。

「ええい、そのように笑うてないで何とかできぬのか！」

俺たちがせっかく我慢して笑わないでいたのに、声を荒らげて怒鳴るクレイ。しかし頭虫たちは驚きも怯えもせず、クレイが動くたびに一定の距離を保ったままぷかりぷかり。等間隔に浮かび、一定の距離を保ったまま浮かんでいられるなんて。不思議だなあ。

頭虫が取りついたのがスッスやブロライトならメルヘンでしたねで済んだ感想も、クレイが相手となると似合わないというか面白いというか緊張感が消え失せると言うか。

「無害な精霊だし、幸運を運ぶと言われているからそのままでいいんじゃない？」

「阿呆！　このようなものに取りつかれ、満足に槍が振るえると思うか！」

「戦闘になれば避難させれば良いのじゃ。プニ殿が預かってくださるじゃろう？」

「ピュイ」

頭虫たちはクレイの何が気に入ったのかわからない。クレイの頭の形か、クレイ特有の魔力か。虫というよりも完全にハムスターにしか見えないのだが、何故その姿を象《かたど》ったかもわからない。頭虫は仄《ほの》かに光る粒にしか見えなかったのだ。それが、クレイに纏わりついたかと思ったらハムスターに変化したのだ。

「ふしぎー」

「だってクレイのことが気に入ったんだから仕方がないだろう？　そうだよな、ハムズ」

「呑気《のんき》なことを！」

ハムスターズを略してハムズ。虫呼ばわりされるより良いよな。

俺がハムズたちに問うと、ハムズたちは揃ってウンウンと頷いてくれた。話は通じるようだ。可愛いじゃないか。

「兄貴、はむずって何すか？」

「俺の故郷にハムスターっていうフェムジ《ネズミ》のような生き物がいたんだ。フェムジ《ネズミ》は病気を媒介するっていうので嫌われていたけど、ハムスターは見た目が可愛いってことで愛玩動物として飼われていたよ。こいつらはハムスターそっくり」

野生動物はネズミに限らずどの生き物も何かしらの病気を持っているから、下手に触れてはならないんだけどね。屋根裏に住み着いたネズミを愛《め》でようとは思わないだろう。

「フェムジ《ネズミ》には見えないっすけど、ちょっとだけアルナブ族っぽいっすね。鼻をひくひくさせているところとか、毛がふわふわしているところとか似ているっす」

スッスはハムズに手を伸ばそうとしたが、ハムズがそれを嫌がりクレイの後頭部へと隠れる。

スッスが残念に思ってハムズを触ろうとする手を引っ込めると、ハムズは再びクレイの頭上でふわりと浮かぶ。

面白い。

とても、面白いぞ。

「クレイの魔力や雰囲気が気に入ったんだろうな。ファドラは飽きれば他に行くと言っていたけど」

「……急《せ》くつもりはないが、このまま連れ行くわけにはなるまい」

えっ。

面白いからそのままで良いんだけど。

俺たちの思っていることがクレイにわかったのだろう。クレイの眉間《みけん》の皺《しわ》が更に深く刻まれた。

「ピュイ」

「喉渇《かわ》いたか？　何か飲むか？　何か飲もうな！」

ビーが「面白い」と言ったが、その言葉を誤魔化すように鞄の中からビー用の水筒を取り出し、俺も自分の水筒を取り出した。

俺が鞄から水筒を取り出すと、皆も各々巾着袋から水筒を取り出す。

スッスが大きい深皿に山盛りになっている醤油味のおかきを出してくれると、全員がおかきに手を伸ばし、所持しているハデ茶入りの水筒を手に一休み。

「見た目が愉快なだけで害はないから、とりあえず放っておけば？」

「他人事《ひとごと》だと思いおって」

ハムズがアルナブ族に似ているとスッスに言われ、クレイはひとまず受け入れたようだ。

さて、クレイの愉快な姿はともかくだ。

俺たちが休ませてもらっているここは、珊瑚の森を抜けた先にある町の空き家の、巨大な玄関ホールの中央。高級そうな絨毯《じゅうたん》の上に座り込み、円座になって会議中。

プニさんはこの家には来なかった。居心地が良くないとか、気配が気に入らないとかで。

島の端にある空中を飛ぶ帆船が停泊する管理小屋に馬車を保管させてもらったので、今は馬車の中にある馬房で休んでいるのだろう。そこらの空を飛んでいるかもしれないけど、腹が減ったら戻るはずだ。

馬車の中にある馬房の食糧保管庫には、プニさんの好物が大量にあるので心配はいらない。スッスの手料理が食べたくなったら俺たちの都合を考えずここに来るだろう。

有翼人の国には商店や宿屋が存在しない。皆それぞれ自給自足の暮らしをしており、必要なものは物々交換などをしている。

宿屋に泊まる気満々だった俺たちに、今は使われていないからと郊外の家を紹介してくれたのはファドラだ。

白装束たち――白い翼を持つ有翼人は、神に選ばれた者たちとして生まれた時から神に仕えることが義務付けられている。

ファドラのような翼に四色以上の極彩色があるものは、神に仕える者を守護する役目があるのだ。戦士ではなく、僧兵《レ・ナーガ》と呼ぶらしい。ファドラは僧兵の隊長らしい。

神殿で働く彼らは共通してナーガと呼ばれ、名前も皆ナーガが付く。

生まれながらに将来が決まっているのって何だかなーと俺は思うが、考えてみれば貴族の子供や大店《おおだな》の子供なんかも家を継ぐという宿命の下《もと》、生まれてきているのだ。

アルツェリオ王国では家を継ぐのはほぼ世襲制。子供がいなければ兄弟姉妹の子供を引き取り、後継ぎとして育てる。

幼い頃から英才教育という名の洗脳——って言ったら聞こえは悪いが、他に選択肢を与えないよう教育を施すのが習わし。

好き勝手自由に将来を生きられるのは、三男三女から。

言い方は悪いが、次男次女というのは長男長女のスペアとして同じ英才教育がされる。将来的には長男長女を支えられるよう、同じ仕事をこなせるよう教育されるとか。

家が大きければ大きいほど、下の子たちも上の子たちを立てるよう教育されるのだ。

さてはて。

クレイのメルヘンな光景はさておいて、俺は鞄の中から道中落ちていた赤い珊瑚の欠片を取り出した。無論、ファドラに許可を得て拾ったものだ。

「これは珊瑚。ええっと……有翼人のキヴォル語でぺ……ぺ、ぺ、ペフィずと・コーテラと呼ばれている動物。呼びにくいな」

「動物？　これが？」

食いついたブロライトに珊瑚を手渡してやると、ブロライトは珊瑚をまじまじと見てからクレイに手渡し、クレイもそれを凝視してからスッスへと手渡した。

「俺の故郷では海の中にしか生息していなくて、意思がある動物というよりも……ほとんどは植物に近い。でも、産卵して子孫を増やします」

「ほう……今まで様々な動植物を見てきたが、このような形をした生き物は初めてだ」

俺は鞄の中から赤、白、青、黒、黄、灰などの珊瑚の欠片を取り出し、それぞれ好きに見てもらう。

どう見ても硬い石にしか見えないからな。空飛ぶ島の珊瑚は、折れたり死んだりすると色はそのままに硬質化するようだ。

俺はこの家に案内されるまでの道中、ほとんどの動植物を調査《スキャン》先生に聞いていた。

そこらへんに生えて揺らめいているのはほぼ海藻。食用海藻や観賞用海藻、中には虫除け海藻に良い香りを放つ海藻まで生えていた。毒を持つ海藻も中にはあった。

それから色鮮やかな珊瑚の森。

あの珊瑚たちはまだ生きているので建材にはならない。建設に使われる珊瑚は切り取って半年以上置いたもの。

ここは地上の木材と同じだな。建築に必要な木材には、適切な乾燥が大切なのだとエルフのアーさんは口を酸っぱくして言っていた。

そして、クラルゾイド――導きの羅針盤に使われていた魔石。

「ザバはそこらへんに落ちていると言っていたけど、クラルゾイドは珊瑚の化石。人知れず枯れた珊瑚が数百年、数千年の時を経て魔力を吸ったものらしい」

俺は鞄の中から導きの羅針盤を取り出し、中央で輝く真紅のクラルゾイドを見せた。

独特の色と質感をしたクラルゾイド。つるりとした表面なので、丸く加工された魔石なのだとばかり思っていた。まさか珊瑚の化石とは。

そういえば前世で見た珊瑚のネックレスは、こういうつるりとした石のように見えたっけ。

ファドラたちが身に着けている宝石のような装飾品は、全てクラルゾイド。

クラルゾイドは赤い石なのだと思い込んでいたが、青や黄や白など、様々な色の装飾品を身に着けていた。魔石の元となる珊瑚の化石の色なのだろうな。だとしたらもっともっと様々な色のクラルゾイドがあるはずだ。

「そこらへんに落ちておるものなのか?」

ブロライトが問うが、俺は顔を左右に振る。

「ただ枯れただけの珊瑚に意味はない。魔素だまりに長年晒されていた珊瑚だけが魔石になるんだ」

と、調査《スキャン》先生が教えてくれた。

この家の照明に小指の爪ほどの小さなクラルゾイドが使われていて、それを調べた結果なんだけども。

「それからさ、ヘスタスの槍のことだけどさ」

この屋敷に移動するまでにファドラに話そうか迷ったが、歩きながら気楽に話す話ではない。

国のトップの人に謝罪させてもらいたいが、俺たち異邦人が会えるかわからない。

一人でも悶々《もんもん》と考えるよりもここは相談しようそうしよう。

俺が何気なくヘスタスの槍のことを言うと、全員が全員とも揃って「あっ」という顔をした。

ビーまでも。

「……すっかりぽんと忘れていたとか言わないよな」

少しだけ低い声で皆に問うと、皆はブンッと勢いよく顔を逸らした。

俺以外忘れていたな。すっかりぽんと。

「国の大切な施設をぶち壊したんだぞ？　いくら槍を投げた理由があったとしても、有翼人たちにとっては関係のない話だ」

生きるか死ぬかという瀬戸際《せとぎわ》で、ヘスタスが命を懸けて投げた槍。

あの槍とヘスタスの犠牲のおかげで俺たちの命は贖《あがな》われた。

思い出すたびにあのイモムシがヘラヘラ笑っている顔が出てくるのが腹立つけども。

「……忘れては、いたが、忘れてはおらぬ」

クレイが言い淀みながらなんとか告白する。

「島の規模、偉大な魔法、ルカルゥの扱いなどに気後《きおく》れしていたのは事実」

ぶっちゃけ俺も忘れそうになっていたけどもね。

クレイの言葉にブロライトとスッスがうんうんと振りかぶって激しく頷く。ビーも頷いて両手を上げた。可愛い。

「それで、誰に言う？　聖堂壊しましたごめんなさいって」

「聖堂じゃぞ？　民らにとって神聖な場所に違いない。我らは大罪人として処されるのではなかろうか」

「そんな最悪なことを笑って言うのはやめなさいブロライト。ただ面白おかしくふざけて壊したわけじゃないだろう？　理由があったし、あれがなければ、俺は、きっと死んでいた」

あの槍が活路となった。

その事実だけはきちんと伝えたい。

「さっきの、鳥の顔をした有翼人に言うのはどうっすか？　おいら、あの人は優しい人だと思うのでちゃんと話を聞いてくれると思うんす」

「うむ。彼奴《きゃつ》はまるで騎士のような気高《けだか》き義を持つ男である。白い装束の奴らはどうにも胡散臭くてかなわぬがな」

スッスとクレイの言葉に全員頷く。

相談するのはファドラに決定。まずは話を聞いてくれそうな人の反応を見て、それからのことはその時に考えよう。

クラルゾイドも買わせてほしいし、できるならそこらへんに生えている海藻も欲しい。

トルミ村とも交易してくれないかな。無理かな。

ファドラや他の有翼人に聞けば答えてくれただろうけど、俺たちにこの空き家を使うと良いと言ったまま数時間戻ってこない。

空き家を使う許可を得たのだから、探索させていただきますよ。

大皿に盛ったおかきを全て食べ尽くすと、俺たちは家の中をそれぞれ調べる。

数日、もしかしたら数週間は滞在させてもらうことになるだろうから、各々使う部屋を決めた。

空き家と言っても規模は屋敷と呼べる。

管理はされていたようで、備え付けの家具が壊れていたり天井が落ちていたりするなんてことはない。しかも裕福な暮らしをしていただろう名残もある。無駄に豪奢《ごうしゃ》な照明器具とか、毛足の長い絨毯とか。

玄関ホールの一番目立つところに飾られていた絵画。青黒い背景にぽつりと浮かぶ白い光が描かれていた。小規模の祭壇のようなものもあり、溶けた蠟燭《ろうそく》が落ちていた。

頭虫の絵かな？　とも思ったが、やけに神々しく描かれているので違うだろう。ファドラはハムズを虫だと言っていたからな。

きっと、これが有翼人たちが崇める神様なのかもしれない。光る何かは何の神様なのかわからないけども。

俺は二階の角部屋を選んだ。そこそこ広くて、背の高い俺が寝転んでも足が出ない豪奢なベッドがありがたい。この家の元の持ち主は、ファドラのような大柄な人だったのだろう。

しかし埃が舞い散り壁の一部にはカビが生えている。

俺たちは予告なく訪問した身なので、屋根のある場所を使用できるだけで感謝をしなくてはならない。島での滞在は野営をメインに考えていたから、天蓋付きのベッドで寝られるのは贅沢だ。

「さてさて」

「ピュピュ」

鞄の中からユグドラシルの枝を取り出し、杖に展開する。

ユグル族に教わり、今でも日々魔力制御の練習をしている俺は杖を両手に構えて念じる。清潔にするのが第一で、その次に補修かな。壁紙の一部が剥がれたままなのは宜しくない。

誰かの大切な思い出としての傷や歪み、そういった思念が残るものは避けるようにして。

通信石で皆にこれから屋敷全部に魔法を放つので宜しく、と伝える。

衝撃波が出るわけでもないので、さくさくっと。

「清潔《クリーン》、修理《リペア》、維持《メンテ》ついでに探査《サーチ》展開」

多重魔法も苦ではなくなった。

維持し続けるのはまだまだ大変だが、魔法を重ねて放つのは得意分野と言える。

特に清潔魔法は毎日一度は絶対に使う魔法なので、マデウス広しといえど清潔魔法で俺に勝てる術士は他にいないだろう。

一階の奥にある部屋は使用人の部屋だろうに、スッスはそこを選んだようだ。ああ、台所や水場が近い部屋だからかな。広さも十分にあるだろうから良い部屋を選んだのではないかな。

クレイも一階の部屋を選んでいる。ルセウヴァッハ伯爵の城の間取りを思い出し、あそこの部屋は衛兵の詰め所なのではないかなと気づいた。文句を言いながらも結局ハムズを纏わせたままなのがクレイらしい。トルミ村に帰ったら子供たちの移動式ジャングルジム決定だな。

ブロライトは二階の部屋だが、俺とは反対の奥の部屋。あの部屋には裏庭に通じる広いバルコニーがあるようだ。裏庭には観賞用海藻や珊瑚の森がある。景色が素晴らしい。

それぞれ職業病というか……無意識に部屋を選んでいるのだろうけど、何かをするには便利だからという理由で選んだのだろう。

スッスは料理、クレイは警戒、ブロライトは景観の良さ。

俺はただベッドが大きいからという理由で選びました。主寝室だったらごめんなさい。

清潔魔法のおかげで埃舞い散る部屋は磨き上げたかのように美しく変貌を遂げ、修理の魔法で朽ちかかっていたベッドの天蓋も作り立てのような立派な姿を取り戻した。

派手だな。

こりゃ、完全に主寝室だな。

皆の部屋も綺麗になったことだろう。ついでに玄関前のエントランスも綺麗にしておいたので、枯れた珊瑚や海藻の山も消え去ったはず――ということにしておく。

本当は俺の鞄の中に全て保存済み。鍛冶職人のグルサス親方や商人のコルウス、木工職人のペトロナ、雑貨屋のジェロム、他にも数えるのが面倒なくらい採取依頼を受注してきたのだ。ギルド非公認で。

伝説上の空飛ぶ島、キヴォトス・デルブロン王国にあるものならば何でも良いから拾ってこいと。ゴミだろうと道端に落ちた小枝だろうと、なんでも。

ハンマーアリクイのうんこが貴重な建材となるマデウスだ。道端に落ちた小枝が黄金と同じ価値を持つかもしれない。

黙って持ち去るのも申し訳がないので、あとでファドラに許可を得よう。そうしよう。

ついでに海藻や珊瑚の買い付け交渉もしなければ。特に食用のものは蒼黒の団で買いたい。買わせてほしい。

「んん？」

「ピュピュ？」

探査魔法で引っかかるものがある。

地下には……今は何もないけど、きっと食糧庫や酒の保存庫があるのかな。ぽかりと空いた部屋が六つ。

それから、地下へ続く扉の前に何かの反応。敵意はないようだが、生物。

「ビー、俺たちの他に誰かいる？」

「ピュ」

「ハムズじゃなくて、他の何か」

「ピュー、ピュピュィ」

害はないよじゃなくてだね。

害はなくても知らない何かが潜んでいたら怖いじゃないか。

俺が探査魔法で調べてようやっと気づいた存在。気配察知に優れているはずの三人は気づいていないようだ。見つけてしまったそれは、それだけ気配が薄いということ。

ビーは気づいていたけど、俺たちに害がなければわざわざ言うこともないと判断した。

でも存在に気づいちゃったら気になっちゃうものだよね。

俺はベッドの上にレインボーシープの綿《わた》で作った布団を置くと、ビーを頭に乗せて階下へと移動。

長い廊下には濃紺の絨毯が敷かれているため、足音がしない。この絨毯の素材も気になるが、今はさておき。

人気《ひとけ》のない大きな屋敷というのはもの悲しさがあり、全盛期は大勢の人が暮らしていたのかな、なんて思いを馳せる。

王都のグランツ卿の屋敷を懐かしく感じた。小人族の侍女さんたちがワイワイガヤガヤと騒がしく働いていたっけ。

この屋敷に誰が暮らしていたのかはわからない。

外観は洋館のようだが柱は珊瑚だとわかる装飾で、屋根には巨大な巻貝が使われている。内装こそ凝ってはいるが華美ではなく、階段の手すりや柱の装飾は上品で美しい。独特の幾何学《きかがく》模様というのかな。円状のものや、四角や三角をモチーフにしているデザインが多い。

自身の両翼を誇りにしているからか、翼や羽根がモチーフの飾りも多く見られる。

独特のつるつるとした感触は珊瑚なのかな。珊瑚で造られている家なんて初めて見たものだから、柱、床、壁に至るまで全てぺたぺた触ってしまう。

アルツェリオ王国では見ることのなかった土壁のような、漆喰《しっくい》のようなものもある。これも珊瑚で造られているのだろうか。ハンマーアリクイのうんこのように、粉末状にしてから水を加えて……といった加工をするのかな。

トルミ村の諸々の作業部隊員を連れて来たいな。きっと、これは何だあれは何だと有翼人たちに詰め寄るのだろう。

装飾品を眺めながら階段を下り、一通り空き部屋を拝見させてもらう。子供部屋のようなものもあったので、かつては子供も住んでいたのだろう。

本館と別邸は渡り廊下で繋がっている。別邸は侍従や侍女が暮らしていたのかな。本館同様に品の良い内装だ。

二階には湯殿もあった！　しかも二つ！　女性用と男性用か、それとも主人一家と従者たち用なのかはわからないが、大きな浴槽の広々とした風呂だった。

有翼人は風呂に入る！　よし！　仲良くなれる！

妙な確信を得、一階に下りてスッスが選んだ台所に近い部屋とは反対に向かう。

本来食糧庫や酒の保管庫なんかは台所の傍に配置されるはずなのだが、この屋敷は違うんだな。

「まさか地下牢？」

「ピュ？」

嫌な可能性を考えてしまい、いやいやいやただの地下の部屋だよきっとと思い直す。

地下の部屋って何のために造られたんだろう、日光が苦手な人が住む部屋？　やだー吸血鬼じゃないそれー。

いやいや、ファドラはこの屋敷は空き家だと言っていたじゃないか。実は地下に住人が残っていたなんてことあるわけがない。

あるわけがないと断言できるだけの根拠はないんですけども。

ビーは呑気に天井近くのシャンデリアをつんつんしているから、きっと危険なものはいないはず。

単独行動はホラー映画でよくある演出。だがしかし、俺には魔法がある。結界魔法と盾魔法を重ね掛けして、ついでに対象物を即座に眠らせられるようにいつでも睡眠魔法を発動できるようユグドラシルの杖を構える。麻痺魔法でも良い。

ビビッてんなら単独行動するなよって話だが、それぞれの部屋で休んでいるだろう仲間たちにちょっと地下までついてきてくれない？　とは言いづらい。妙なところで遠慮がちな元日本人。

玄関ホールにある大階段を下り、階段の裏側へと回る。

ここは使用人たちが掃除道具など保管している場所なのだが、どうやら掃除用具入れの奥の壁が隠し扉になっているようだ。

やだちょっとワクワクしてきた。

こういう隠し部屋とか憧れるよな。忍者のからくり屋敷も好きだった。

かといって地下墳墓《カタコンベ》の罠は命の危機があるので、ああいったからくりは遠慮する。

隠し部屋というか隠し階段に続く扉を開くと、真っ黒な空間が続く。

蝋燭《ろうそく》も照明もない階段をさらりと下りられる勇気はないが、ビーが率先して先を進んでくれた。

「ピュイ」

俺には恐怖耐性があるはずなんだけどね。

薄暗い階段下から白い人が這い出てきたら誰だって叫ぶだろう。

こういったジャパニーズホラー的な怖さに対する耐性じゃなくてさ、巨大なナメクジや巨大な蛾《が》に対する恐怖を抑える耐性が強いものだから、霊的なものは苦手だったりする。リベルアリナも霊的な存在だから苦手というわけではなくて、アレはアレでアレなのです。

「灯光《ライト》」

漆黒を吹き飛ばすかのような明るい光を放つと、それを続けて六つ作る。階段の下まで等間隔で設置し、更に六つ作って奥へと飛ばす。

古代竜の加護を持つ俺の魔法は、魔力そのものに悪いものを消し去る力があるのだとユグル族が言っていた。清い力だとかなんとか。

そんなユグル族たちも炎神リウドデイルスの加護を僅かながらに得ているため、使う魔法に清いものが含まれているらしい。

そのため、俺が灯光を作り出すと悪いものは避けるようになる。弱いモンスターや、ゾンビなどの呪われた生き物、もしくは邪悪な呪術などは消え去るのだ。ユグル族に指摘されるまで知らなかったなあ。

清潔の魔法は地下までは届かなかったのか、カビ臭く埃っぽい。

「ピュピューィ」

「そっちなの？」

ビーが気配を追いかけ奥の部屋へ。さっきは地下への入り口で待機していたのに、俺たちが来たことで逃げたのかな。

「ピューイ」

「こんちは」

言葉が通じる相手かはわからないが、まずは挨拶。

「俺たちは、地上から来た人間です。俺は素材採取家のタケル。こっちは相棒のビー」

「ピュイ」

「誰かいる気配がしたので来てみました」

「ピュピュー」

そろりそろりと奥の部屋を目指す。

いきなりワッと来ないでほしい。大声というか悲鳴を上げる自信がある。

悲鳴を上げるだろ。異変を感じてクレイとか皆来ちゃうだろ。そしたら何故独りで行くのだ馬鹿者！ってグーで殴られるんだきっと。想像するだけで頭が痛い。

「……ピュ？」

「えっ何？　知っている気がするって何それ。ビー何言ってるの。ビーの知っている何があんな奥の部屋にいるって言うの。地下だよここ。しかも入り口は隠されていたんだよ？　ビーの知り合いがあんなところに隠れているの？　誰よ誰なのよ教えなさいよ」

「ピュィ」

「怖いんだから早口にだってなるだろ」

「ピュプッ」

笑うな。

完全に怯える俺を馬鹿にしながら笑うビーを小突くと、俺は奥にある部屋の前へとたどり着く。

やはり嫌な予感とか気配とか、そういったものは一切感じられない。

それよりも。

「あれ？」

「ピュイ？」

「このマーク……ほら、この扉の絵。それに、この扉」

黒ずんだ扉は木で作られていることに気づいた。

珊瑚礁の島で、屋敷全てが珊瑚らしき建材で造られているのに。

少し朽ちているこの扉は、この島にあるはずのない木だ。この部屋の扉だけ。他の部屋は……貝の集合体かな。ホタテやハマグリといった貝が埋め込まれている芸術的な意匠。

燻《いぶ》されたような年季の入った扉には、見たことのある家紋が描かれている。

これは、地上に降りた有翼人リステイマーヤの子孫で、導きの羅針盤の持ち主でもあるエステヴァン家の家紋だ。

「ピュプププ……」

家紋を指でなぞるビーは気づいていないようだけども。

俺たちが借りたこの屋敷は、リステイマーヤの一族が暮らしていた屋敷だったのかな。

「お邪魔しますよー」

声をかけてから扉のノブを掴み、鍵がかけられていないことを確認する。

力を入れて扉をゆっくりと開くと。

そこには。

5　恐怖のポンポンジャク

「返してこい」

「どこに！」

仄かに光るハムズを頭に纏わりつかせながら、俺が胸に抱く謎の生き物を見てクレイが一言。

謎の生き物は、本当に「謎の生き物」としか例えようがない形状をしていた。

初めは鳥だと思ったのだ。部屋の中央に蹲《うずくま》り、ぷるぷると震え怯える小さな塊。翼で全身を隠すようにしていたから、鳥なのかなと。

これは何の動物なのか。動物なら俺の異能《ギフト》「意思疎通」が使える。

るるるで気を引くとそれは怯えながらも顔を見せてくれた。

しかし、顔は猫。猫とは断言できないので、猫っぽい顔。それじゃあ翼が生えた猫なのかなと思えば、身体はマーモットのようにもっちりで、足はカワウソのように短く、よくよく見れば小さな水かき。翼が生えたカワウソなのかと顔を見れば、やはり猫科の何か。猫というより鼻の大きさや目の鋭さを見れば獅子《しし》寄りなんだろうけど、幼体だからやはり猫っぽい。

そんな謎の生き物が大きな目を潤ませてぷるぷる震えていたんだぞ。俺が魔法で光を作らなければ、真っ暗闇の中でたった独り。

そのまま扉を閉めて見なかったことにしろと？　無理無理無理無理。少なくとも顔は仔猫なのだ。仔猫を見捨てるなんて。

「何かから逃げてきたのじゃろうか。タケル、魔法で調べてみぃ」

ブロライトが謎の生き物の前足に指先で触れながら言うが、俺は首を左右に振る。

「聞いて驚け。この謎の生き物は、俺よりも魔力が強い」

「調査先生《スキャン》に聞いても、まったくわからなかった」

「なんと」

「何者なのじゃこやつは」

本当だよ。

調査先生《スキャン》に「わかりません」って返事されたのは初めてなんだから。

再び中央玄関ホールに集まった俺たちは、高級絨毯の上で円座になって謎の生き物をじっくりと見分。謎の生き物は怯えてはいるが、興味津々に俺たちの顔を眺めていた。

逃げるわけでもない。かといって、敵意を見せるわけでもない。

「……兄貴の魔法でも調べられないものって他にあるんすか？」

スッスが腰に下げていた巾着袋からキノコグミオレンジ味を取り出すと、謎の生き物は嬉々としてそれにかぶりついた。

俺が探査《サーチ》と調査《スキャン》の魔法が使えることはスッスも知っている。魔法を使って調べることができるんだと言った時、スッスはとても羨ましい、凄いと興奮していた。ベルカイムの大衆食堂「海翁亭《かいおうてい》」の秘伝の肉汁の味付けも調べられるのかと聞かれ、そういうのは調べないようにしていると答えたっけ。秘伝のレシピを対価もなしにこっそり調べるのは良くないことだからな。

スッスは食堂に何度か通っただけで肉汁の味付けを覚えてしまったようだけど。そっちのほうが凄くない？

「ほとんどのものは調べられるけど、俺より魔力が強い人は調べられない。ビーは俺に隠したいことがないから調べられるけど、プニさんは名前しか教えてもらえないな。それからボルさんと炎神は調べるなんて恐れ多くて無理」

オーゼリフは暴走していた時は調べられたけど、転生して仔狼になった今は名前しか教えてもらえない。リベルアリナは調べる気にならない。あの化け物、「タケルちゃんの魔力がアタシの身体を駆け巡るゥッ！」とか騒ぐだろうから。

「それじゃあ、この、この御方は、もしかしたら尊い方なのかもしれないんすか？」

スッスが遠慮がちに小声で言うと、俺たちは全員が固まる。

その可能性を一切考えていなかったからだ。

俺より魔力が強いモンスターなんて他にもいるだろうし、たまたま遭遇してこなかっただけ。俺よりも魔力が強い何かはマデウスのどこかに存在しているのだから。

「もしかして」

「言うな。ブロライト、それ以上は言うな」

ブロライトが嬉々として言おうとしたことをクレイが止める。

そう。言葉にしたら恐ろしいことになりそうだから言わないでほしい。

だけどブロライトの言いたいことはわかる。

この謎の生き物は、もしかして——神なのではないか。

精霊という可能性もある。珊瑚礁の島を守る精霊のひと柱であり、ハムズの親玉……いや、クレイに取りつくハムズが何の反応も見せないので、きっと関係性はないのだろう。

俺たちは全員それぞれ胸の前で腕を組み、唸《うな》る。

もしも、もしも、百億歩譲ってこの生き物が有翼人たちの崇める神だったとしよう。

それならば、ルカルゥはコレの子供なわけ？　コレの？　遺伝子どうなっているの、なんて神様に聞いたらいけないか。

それよりも、その尊い神様が何でリステイマーヤの屋敷の地下に隠れていたのさ。

ちなみにこの屋敷がリステイマーヤ関連の屋敷であることは皆に伝えている。

エステヴァン子爵の先祖であるリステイマーヤは地上に憧れ地上に降りた有翼人。一族郎党引き連れて地上に降りたとされているので、こんな立派な屋敷に暮らしていた一族ともなれば国の重要な役職に就いていたのかもしれない。

もしも有翼人たちに貴族階級があるとしたなら、屋敷の規模を考えるとリステイマーヤは高位貴族。そんな高位貴族が地上に降りると言いだしたわけだ。そりゃもう他の貴族たちに大反対されただろうな。

「謎の生き物君」

「何だその名は」

俺が謎の生き物に声をかけると、クレイが不機嫌を隠そうともせず問う。

面倒事を持ち込んだ自覚はあるので、その怖い顔で睨むのはやめてくれ。

「鳥でもないし猫でもない、マーモットやカワウソっぽいけど顔は猫。鱗《うろこ》が生えた爬虫類っぽい尻尾。俺の知っているいろいろな生き物がごちゃっと混ざっている感じだから、謎の生き物だろう」

こういう生き物のことをなんて言うんだっけ。異質同体キメラだっけ。異なる遺伝子型の細胞が共有している状態の個体をキメラと呼ぶのだと、サスペンス系のドラマで言っていたような。血液型キメラとかなんとか。樹木の接木なんかもキメラなんだよね。

「ボルさんはいかにもドラゴンって感じの見た目だけど、炎神はもふもふブラキオサウルスに翼が生えた謎生物だった……痛っ！」

「無礼なことを申すな。神の御姿《みすがた》を口にするのは憚《はばか》る」

俺の後頭部にクレイのグーが落ちた。

異質同体の見た目をした生物は多い。身近で言えばユグル族。角生えているし、翼もあるし。コポルタ族も犬にしては手先が器用で人間みたい。アルナブ族も二足歩行で手先は器用。獣人はほぼキメラと言える。

「クレイストン、見た目は問題ではないのじゃ。それよりもタケル、この……これを……どうする？」

それな。

俺が無表情のままブロライトにサムズアップすると、クレイのグーが再び落ちそうになる。それを華麗に避け、謎の生き物の頭をぐりぐりと撫でた。

謎の生き物は気持ちよさそうに目を閉じ、頭をもっと撫でろと催促してくる。見た目は仔猫だから可愛い。

「このまま放置はしないし持ち帰りもしないし隠しもしなければ良いだろう？　そのうちファドラが来るから、そん時にでも見つけちゃいましたって素直に報告すれば良いじゃないか」

「信じると思うか？　どこぞから攫《さろ》うて来たと難癖をつけられたら如何《いか》にする」

クレイは白装束の対応がよっぽど腹に据えかねたようだ。

あの連中だったらきっと平気で難癖をつけてくるだろう。想像するに容易い。

「俺たちを見張っている連中がいるんだから、そんなの無理だって思うんじゃない？」

そう。

俺たちは知らないふりをしているが、屋敷を取り囲む反応はいくつもあるのだ。

護衛であれば良いのだが、この場合は監視と警戒だろう。

ファドラに案内されてから屋敷の外には出ていない。ブロライトも監視の存在には気づいているので、中庭や裏庭に出るのは控えるようにしている。

「監視している連中に白《しら》を切られたら如何する」

「ええー……そこまで卑怯な真似する？」

「帝国の奴らは平気でするぞ」

クレイが所属していたストルファス帝国の腐れ事情はともかくだよ。

人畜無害なトルミ村の住人でさえ、外から来た人には警戒をするのだ。誰彼構わずウェルカムするのはやめなさいと言ったのは俺で、警戒するためにも結界を作ったのも俺。

まずは疑うことから。

そして、人となりを見極めて歓迎の扉を開くか考える。

人を疑うなんて、と批判する人もいるだろう。だが、ここはマデウスだぞ？　門の外には人食いモンスターが蔓延《はびこ》る世界だ。盗賊もいるし、詐欺師もいる。自分さえ利益を得られれば良いと考える横暴な貴族もいる。

家族や仲間を守る処世術って結局それが大切だと思うから、まずは相手に悟られぬように疑わねば――というのがクレイの口癖。

「なんて名前なのかわからないっすけど、お前、ザバに似ているっすね」

謎の生き物を完全に餌付けしたスッスは、謎の生き物の背中を撫でながら言った。

ふわふわの翼を広げながら気持ちよさそうに目を閉じる謎の生き物。

「ザバはどちらかというとウーパールーパーだよな？」

「何じゃ？　うーぱーるというのは」

「ええと、トカゲっぽい顔？」

「おお。確かにトカゲのような顔をしておるな。じゃが、身体つきはスッスの言うようにザバに似ておらぬか？　ぬるりとして、どろりとしておる」

どろりとしているかな。

ブロライトは胴長って言いたいんだろうけど、なるほど広げた翼をだらしなく床に着けた姿はどろりとしている。

「それじゃあ、誰かの守護聖獣！」

神様じゃなければなんでもいいや。

俺がパチンと手を叩くと、スッスも同じく手を叩いた。

「き、きっとそうっすよ！　誰かの守護聖獣が間違えてこの屋敷に入って来ちゃったんすよ！　……どうやって入って来たのかはわからないっすけど」

「そ、そうじゃな！　魔力がやたらと強い守護精霊じゃな！　……誰の守護聖獣なのかはわからぬが」

魔力がやたらと強い精霊って神様って呼ばないかなと思ったブロライト、拍手をしながらその顔するのやめなさい。苦いお茶を飲んだ時の顔と一緒。

クレイの頭でふわふわと浮かぶハムズを眺めて癒されつつ、俺たちは堂々巡りの考えを繰り返す、もしくは帰すという選択はしない。

キノコグミが食べられるなら、食事には困らない。

やはりファドラが来てから正直に相談しようと考えていると。

「ピュ」

ビーが「来た」と言った。

「来たの？　ファドラ？」

「ピュピ。ピュ－ピュピ、ピュピ」

「ザバ？」

突如玄関の扉がばーんと大きく開き、どーんと小さな毛の塊が飛び込んで来た。

「お助けくださいませでございますことーーーーーっ！」

ザバが来たと教えてくれたビーの言葉に重なるように、ザバのもっふり胴体が俺の顔面に飛びついてきた。

「ピュビィーーーッ！　ピュビ！　ピューピュピピピュプー！」

「あああぁ、申し訳ありませんビー様、だけどしばらく、今しばらく、ワタクシめルカルゥと引き離されてしまいましたのこと、しばらく魔力を得ておりませんでしたことでしたので、とてもとても乾いて飢えておりますですのこと！」

「もふ」

「あああぁ、やはりタケル様の魔力はとてもとても心地よく、全身のつま先の先っちょまで力が満ち満ち満ちて、あああぁ、あああぁ〜ああ、むはーむはー」

「もふ」

ザバがどうしてここに来たのか。

どうやって来たのか。

ルカルゥと引き離されたってどういうこと？

しばらく魔力を得ていなかったというのは、ザバはご飯抜きということ？

俺たちと別れて……まだ数時間だよな？

聞きたいことは山のようにあるが、まずは落ち着かないと。

相変わらずもっふもふのシルキータッチのザバの腹毛は気持ちよく、ビーが泣き叫んでザバを引き離そうとするがザバも魔力を得るため必死に俺の顔面に食らいつく。

謎の生き物はぽかんと口を開けたまま。口の中に食いかけのキノコグミがみっちり。

「もふもふ……ぶは、ザバ、俺の魔力吸っていいから状況説明できる？　ビー、ビーは泣くのやめなさい。ほら抱っこするからおいで。今はザバに魔力をあげよう。腹が減っているんだって。可哀想だろう？　ビーはいい子だからザバに魔力くらいあげられるよな？」

「ピューイー」

「はいはい。よーしよしよしよし。ザバ、顔面から頭のほうに移動して。俺が窒息する」

鞄から取り出したビー用の布でビーの鼻をかんでやると、ビーの頭を撫でつつ抱っこしてから、ザバの身体を無理やり俺の顔面から後頭部へと移動させる。

「ふはあぁぁ……タケル様の魔力ぅぅ……」

ちょっとだいぶキモい。

ザバにぬるぬると吸われる魔力は僅かだが、いつも顔に纏わりつかれる時よりも勢いよく魔力を吸っているのがわかる。

「ザバ、どうしたんすか？　ルカルゥはどこにいるんすか？」

むはむは言いながら俺の魔力を吸っているザバに、スッスが巾着袋の中から大判焼きを取り出した。あれは最近ベルカイムで販売可能となった抹茶クリーム大判焼き。粉末緑茶を餡子《あんこ》に混ぜてみたらと提案したのは俺。

大判焼きの店主が飽くなき甘味王であり、如何にして甘く、しつこくなく、幸せを感じる味になるか考え抜き、考えた結果、俺に泣きついた。

ベルカイムの屋台の大半というか八割の店主は俺を美食家だと勘違いしているため、俺にアドバイスを求めてくる。甘味屋にも等しく俺の食べたい好みの大判焼きを教えたのだ。抹茶餡子にクリームを混ぜるという夢の焼き菓子を。ちなみに果実ジャムとクリームやカスタードクリームとチョコレートも絶賛販売中。

ベルミナントたち領主一家はジャムクリーム味がお好み。庶民には定番の餡子大判焼きが一番人気らしい。

馬車にあるプニさん専用の食糧庫にも各種大判焼きを保存してあるが、食べているだろうか。

「ぐすっ……ぶふうぅっ……ルカルゥは、ルカルゥは、穢れが溜まったせいであんなに痩せこけてしまったと白装束《ル・ナーガ》たちがわっしょいわっしょい取り囲んでしまったのでございます。ずびびっ、じゅびっ、ですがルカルゥは頑《かたく》なに食べないと、うっうっ、たくさん動いていないからお腹が空いていないと言っているのでございますこと！　それなのに、穢れだと地の子のせいだと白装束たちがわめきたてましたことでルカルゥに邪悪な魂が宿ったと騒ぎ散らかしておられますことですの！ワタクシ、ワタクシ、こんなちいちゃくて愛らしい手ではルカルゥを守ることができませんですこと！　ですからですから、おぷっ、蒼黒の団の皆様に、ルカルゥをお助けございますできますかうえええっ、おえええええっ」

ええと。

俺の頭に顔をこすりつけ、ついでに涙と鼻水をおっつけながら泣きわめくザバの話を整理する。

相変わらず嗚咽《おえつ》が汚い……

「ルカルゥは……過保護軍団に絡まれすぎて怒っているのかな」

「左様でございますこと！　ルカルゥは、ルカルゥは、トルミ村のご飯が食べたいと、タケル様とスッス様の作られるご飯が良いと訴えておりますに、白装束めらがあああ、うわあああああ」

白装束たちのことを「ル・ナーガ」と呼ぶのはわかった。

「ザバ、落ち着くのじゃ。ルカルゥはひとまず無事なのじゃな？」

ブロライトは腰に下げていた巾着袋から大きな布を取り出し、ザバの顔をそれでぐりぐりと拭う。

「ぶじょっ、むじょっ、むぐぐぐっ、ぶじ、といえばぶじでごじゃいましゅことぉぉ……」

俺たちは顔を見合わせ、ルカルゥを助けるためそれぞれ自分の部屋へと走る。

俺は常に鞄を持ち歩いているので、ユグドラシルの杖を握りしめていつでもやってやんよ状態。

ザバに魔力を吸わせたまま、玄関ホールの大扉を開き、天に向けて特大の照光《リヒルート》をぶち放つ。

有翼人たち全員にその存在がわかるように。

決して、俺たちの存在を隠さないように。

ルカルゥに自我――というか、子供らしい当たり前の生活を教えたのは俺たちだ。

子供は大人の手伝いができるようになるまで、全力で遊び、腹が減ったぶんだけ食べる。自分より幼い子の面倒を見て、年長者の言うことは聞く。言うことを聞かない子は中央広場のリベルアリナの祭壇の前で正座の刑。リベルアリナの加護だか誓約だかはわからないが、正座から逃げ出すことができないため、悪さをした子は——大人もなのだが——もれなく足の痺れを授かることができます。

だが、たまには我儘を言うことも必要。

夜の睡眠が大切だから眠らなければならないのに遊びたいから起きていたい、というのは我儘。

夜行性の生き物の生態を観察するためとか、星空を見るための夜更かしは許すが、お子様は深夜になると自然と眠ってしまうものだからな。

しかし、腹が減っていないのに無理やり飯を食べろと強要されるのはどうよ。好き嫌いなく食べなさいという言葉はトルミ村ではあまり言わない。食べられるうちに食べられるものを食べておけ、というのが教訓なため、好き嫌いは基本的にしないし、出された料理を残すこともしない。お代わりは食べられるだけ。

食べたくないと言うのは我儘か？　いいや違う。

そもそもルカルゥが食べられるだけの食事の量は、ルカルゥ自身がわかる。トルミ村の食堂ではいつもお子様用の定食を食べていましたよ。

有翼人の掟《おきて》やら常識やら礼儀やらを尊重していたら、ルカルゥの身体と心が死んでしまうかもしれない。

トルミ村に落っこちてきたばかりのルカルゥはあんなに怯えていたじゃないか。

そんなルカルゥを、俺たちが、トルミ村の環境が、変えた。

ルカルゥを意思のある普通の子供にした。

ルカルゥを助けることが禁忌《きんき》になるとしても。

子供を泣かせ、常に傍にいた相棒と無理やり引き離すことを良しとする神なんて崇められるかよ。

たとえ相手が神様だろうが、有翼人たちの象徴だろうが、俺たちはルカルゥの身を守る。

『コラァ！　俺たちを見張っている有翼人六人に告ぐ！　聖獣ポル……ト、ポル、えーーーっと、ザバはここにいるぞ！　ルカルゥの守護聖獣《チャルタラ》だっていうのに、ルカルゥから離されて飯抜きの刑ってどういうことだ！　ザバは俺たちを頼ってここまで来たんだぞ！』

この落とし前、どうしてくれようか！

なんて叫ぶ前にファドラのような装備を身に纏った僧兵が茂みから姿を現した。

この人は顔が猛禽類じゃない。人間の顔をしているが、髪と頬と額に羽根のようなものが生えている。ヒヨコの尾羽のような小さな羽根。

号泣しまくってクタクタに疲れているザバを頭から引っぺがし、でろりと垂れた身体を両手で持ち上げて僧兵の前に突き出してやった。

僧兵は両目を見開き、信じられないといった顔を見せた。

『はいそこぉ！　屋根の上に二人！　ブロライトが選んだ中庭に一人！　裏口に一人！　勝手口に一人！　俺たちは逃げも隠れもしない！　監視と警戒がしたいなら、正々堂々としろ！』

俺たちの家族として認識しているルカルゥとザバが、ザバの言い分によれば酷《ひど》い目に遭っている。

ザバの話は半分誇張気味ではあるが、ルカルゥの現在の境遇について泣き叫んで訴えるほどの状況だということはわかる。事実、ザバの魔力は腹二分目くらいしかなかった。つまり、ザバはとっても腹が空いていたという状況。

戦闘態勢のクレイとブロライトが俺の背後に揃い、スッスは気配を隠して屋根の上に潜んでいた僧兵二人の前に姿を現した。

僧兵たちは完全にうろたえ、怒りを露わにした俺たちの前に焦って飛び出た。屋根の上にいたスッスも僧兵二人と共に降りてきた。

『ルカルラーテ様の守護聖獣殿が何故貴殿らの元へ？』

俺に真っ先に存在を指摘された――頬にヒヨコ羽根が生えている僧兵が問う。彼とは初対面だ。

『俺は素材採取家のタケル！　こっちは相棒のビー！』

「ピュイ！」

『俺たちの頭《かしら》のクレイストン！　仲間のブロライト！　忍者のスッス！』

一通り大声で自己紹介をすると、照光《リヒルート》と俺の大声によって他の有翼人たち、武器などを装備していないおそらく非戦闘員であろう人たちも集まってきた。

何故に今ここで自己紹介？　いや、第一印象って大事でしょう。名乗りを上げてから質問に移らなければ。

顔を涙と鼻水でぐちゃぐちゃにし、シワシワした顔をして項垂《うなだ》れるザバを俺の頭の上に乗せる。

ザバに軽く清潔魔法をかけ、魔力を注ぎ込んだ。

静かにゆっくりと、慌てずに浸透させるようにザバへと魔力を送り続ける。

魔素水を飲ませても良いのだが、魔素水の存在は有翼人たちには今のところ秘匿《ひとく》させてもらう。

手持ちの札は多いほうが良いのだ。

『俺たちは地上から来た冒険者、蒼黒の団。貴方たちの大切な神様の子供？　ルカルゥと、その守護聖獣が地上に落っこちてきたから、養生させて、やっとこさ故郷へと連れ帰った。それなのに何？　この守護聖獣サマが仰《おっしゃ》るには、ルカルゥと離されてご飯もろくに与えられず、魔力カスカスの状態で俺の顔にぶち当たってきたんだぞ！』

怒りすぎて何言っているのかわからなくなってきた。

俺たちを監視していた彼らが悪いわけではないのに、どうにもこうにも腹が立って仕方がない。

普段怒らない俺を怒らすと面倒なんだからな。どうやって空飛ぶ島を海に落とす計画とか考えそうで怖いぞ。

「ザバ、彼らにルカルゥの状況を話せるか？　白装束……ル・ナーガたちのことを」

クレイが俺を落ち着かせるように前に出ると、僧兵たちに圧を放つ。

僧兵たちは互いに顔を見合わせると、『白装束《ル・ナーガ》……』と憎らしげに呟いた。

おやおや？

彼らは白装束らに従う存在かと思いきや、もしかして違うのかな。

「ううっ、うううう、ルカルゥは、穢れを払うと言われ、ポンポンジャクで全身を叩かれましたのでございますこと。ポンポンジャクは時々小さな棘《とげ》がありますことで、あれで叩かれると痛いのでございますですこと。うううっ、ずびびぃぃっ」

ポンポンジャクって何！

それで叩くって何！

「それからそれから、ルカルゥはとても痩せたからたくさん食べろと、砂糖の塊壺《かたまりつぼ》にドロリ蜜を入れて半年漬け込んだリョロロロンを食べろと言うのです。ルカルゥはリョロロロンが大嫌いなのにでございますこと！」

りょ、りょろろろ？

ザバの言う料理は知らないが、砂糖壺に何かしらの蜜を入れて、それに半年何かを漬け込んだ食い物？

激甘の、歯が痛くなる系の保存食とかじゃないのそれ。

「ワタクシめは、ワタクシめは、ルカルゥが嫌と言っている、痛いと言っている、食べたくないと、スッス様の作られる肉すいとんが良いと叫びまくりましたのですが！　ちち、ちぃっ、地ぃの子ぉの汚れた文化にそ、そ、染まった穢れたケモノは余所《よそ》へっ……いいいっ、いけ、とぅっ……おばばぶじゃばぶぼえええええ〜〜〜〜！」

『なんたることを！』

ヒヨコ羽根僧兵が怒りに叫んだ。

今のザバが言ったことわかったの？　俺は相変わらず嗚咽が汚いなあと……

ザバは俺たちと僧兵たち、両方にわかるように喋れるのか。さすが守護聖獣。

いやしかし、白装束たちがルカルゥの嫌いなものを食べさせようと強要しているのはわかった。

「兄貴、おいら、肉すいとんならいつでも作れるっす。ルカルゥの好きなちょっと辛口っす」

スッスが低い声で静かに言った。

「地の子の文化は穢れておるのか？　ハッ、精霊王リベルアリナの聖なる御力の元で生まれ朽ちていく我らエルフ族を、穢れたものと？」

ブロライトが怖い顔をして笑った。

「ルカルゥが初めて食した野菜は苦みを帯びている故嫌いだと言うておったが、それを村の民らがルカルゥでも食べられるよう煮詰め、味を付け、工夫を凝らした料理に変えた。しまいにはルカルゥは野菜が好きだとも言うようになった。ルカルゥは確かに甘味を好む。しかし、そのルカルゥが、甘味を嫌がっておると」

クレイのごん太《ぶと》尻尾が玄関エントランスの真っ白な床に叩きつけられた。

ああぁ、床材が何かはわからないけど穴開いちゃった。あとで修復魔法しますごめんなさい。

クレイの尻尾は頑丈なオーゼリフの木すら叩き折るほどの力を持っている。その尻尾の力が怒りとなって床を壊した。

これには僧兵たちが怯えるのもわかる。怖いよな、静かに怒るクレイの顔。

ここにプニさんがいなかったことを喜ぼう。プニさんのことを穢れた存在などと言おうものなら、全員アフロ頭の刑に処されるところだったぞ。

クレイとブロライトとスッスが俺よりも怒っているものだから、俺は逆に冷静になってしまった。

「ピュプピー！」

ビーも怒っている。怒りすぎて何を言っているのかわからん。

「お助けを……っ、えぐっえぐっ、お助けを……」

頑張ったんだな。

きっと俺たちが想像できないほどに頑張ったんだな。

声を張り上げて、怒って、だけど白装束の言うことには従わなくてはならなくて。

ルカルゥを助けたくて必死になって、俺たちに助けを求めたんだ。

「ザバ、偉かった。お前は偉いよ。家族の助けを求めたお前は、本当に凄い奴だ。よしよし」

「だじぇぶばばぁぁぁ〜〜〜〜」

俺の頭の上でへばりついているザバの背を優しく叩いてやると、ザバの涙と鼻水は俺の頭をべっちゃべちゃに濡らした。

いいんだけどね別に。また清潔魔法炸裂するから覚悟しろ。

クレイがルカルゥの元へと案内してもらおうか、と脅しにも似た威圧を放ちながら僧兵たちに言っている。

俺たちは案内してもらう気満々で。

地下室で見つけた謎の生き物のことなんてすっかり忘れてしまっていて。

そういえばと屋敷を出る時に振り返ってみたら、そこに謎の生き物はいなかった。

探査魔法にも引っかからなかったので、どこかに逃げてしまったのだろうか。

スッスが出した大判焼きを五つも平らげて。

6　ルカルゥの涙

「其処《そこ》を、退《の》け」

クレイが低い声で、低く言う。

警備兵なのか神に仕える何某《なにがし》なのかはわからないが、クレイの声でへにょりと腰を落としてしまった。扉の前にいた二人とも。

相変わらず仄かに光を放つハムズたちを纏わせてはいるのだけども、クレイの顔は怖いからな。

怖い顔で怖い声で命じられたら、従う以外選択肢がないのだろう。わかるー。

ここは屋敷から離れた島の中央近く、あの真っ赤な珊瑚の塔の傍にある神殿。

アルツェリオ王国の王都にある創世神を祀る神殿のほうが絢爛《けんらん》豪華だったが、この神殿はエルフの郷の巨大樹ゴワンを連想させた。

建築物というよりも、巨大な珊瑚と巨大なホタテのような貝が群生した、たまたまでき上がったような自然の産物に見える。

純白の珊瑚と純白のイソギンチャク的なウネウネとした何かしらの植物と白い海藻に覆われた、神秘的な神殿。

壁から生えているあの白い海藻なんだろうな。食用？　アルギニン酸？　食用ならちょっとお持ち帰りさせてほしい。

「行くぞ」

あっ、はい。

余所事《よそごと》を考えていた俺にも怒気を放つクレイに続き、俺たちは神殿内部へと入った。

有翼人の戦士たち——僧兵《レナーガ》と呼ばれる戦うことを義務付けられた信徒たちを伴い、神殿の奥へと案内させた。

途中で幾人かの白装束《ル・ナーガ》らを見かけたが、彼らはキョトンとした顔をし、僧兵たちと目が合うと慌てて頭を下げた。

彼らの序列がいまいちよくわからない。しかし、俺たちを案内してくれているヒヨコ羽根の僧兵である彼はファドラの副官のような者らしい。

ファドラが僧兵らを束ねる長のような存在ならば、ルカルゥとも顔見知りなのは納得できる。ルカルゥは島に帰った時、ファドラにだけ申し訳なさそうな顔をしていたからな。

『ルカルラーテ様の身辺には白装束《ル・ナーガ》が控えるのが習わしなのだ。我らはルカルラーテ様の御身とこの島を守るのが役割。だがしかし、我らは決してルカルラーテ様に非道を働く真似は致さぬ』

早歩きで先頭を行くヒヨコ羽根は、先ほどからぎゅっと拳《こぶし》を握りしめたままだ。

『ルカルラーテ様の御身はとても尊い。だからといって神殿に隠すように閉じ込めるのは如何なることかと……僧兵《レ・ナーガ》は幾度も訴えた』

しかし、叶わなかった。

神殿内部ではルカルゥの取り巻きたちのほうが発言権が上らしく。

同時通訳するのは難しいので、かいつまんでクレイとブロライトに説明。

「子供は子供らしくあれば良いのに。それすらも叶わぬのか？　そのようなこと、我らの地ではあり得ぬことじゃぞ」

そうだそうだ。

ぷんすか怒りながら歩くブロライトの言葉に俺とクレイは揃って深く頷く。

スッスは神殿に入った瞬間に姿を消した。きっと今は隠密《おんみつ》行動に移り、神殿の間取りなどを調べているのだろう。俺たちに必要となる情報などを探してくれるのだ。さすが忍者。

『レ・ナーガである先ほどの者ですが』

『ファドラさんかな』

『はい。ファドラ・ナーガは我らレ・ナーガを指揮する選ばれし翼。ファドラ・ナーガはルカルラーテ様にも僅かな自由をと訴えました。日に数刻でも良いから町に出て子らと共に遊ばせよと』

『それも駄目だった？』

『はい』

ヒヨコ羽根の足は次第に駆け足へとなっていた。俺たちも彼を追い越す勢いで走る。

有翼人は足も速い、と。

『ルカルゥがとても大切に育てられているのは理解しました。だけど子供らしい自由を奪い、過度な束縛をするのは宜しくないと思います』

『是《ぜ》。幼い子を慈しむに天《あま》も地も変わりがないことに我らは安堵した。ルカルラーテ様は貴殿らの元でとても良い生活を送られていたようだ』

朝起きてご飯食べて、昼まで遊んで、午後からはコタロたちと畑の仕事を手伝って、アルナブ族たちに美味しい葉っぱを摘む。ルカルゥと村の子供たちは学校に集まって全員でおやつを食べ、夕方まで年齢別で勉強。勉強と言ってもルカルゥは数字を書いたり、マデウス共通言語の文字で名前を書いたり。そして日が暮れたら食堂に集まって夕飯を食べる。

ルカルゥは片翼が不自由だったが、二本の足で駆け回り、時々翼を使って高く飛び上がっていた。

ルカルゥはいつでも笑っていた。

『ルカルゥはここに戻ってきて、一度でも笑いました？』

俺が問うと、ヒヨコ羽根は顔を顰《しか》めてしまった。

『ルカルゥが感情を露わにしたことに驚かれましたか？』

俺たちの背後で懸命に走る僧兵たちも、俺の質問に揃って頷いた。

嗚呼《ああ》、もしかしたらルカルゥは事故で島から落ちたのではなかったのかもしれない。

ザバが必死に言い訳を考えて、だけどウラノスファルコンに襲われたのは事実で。

きっと逃げたかったんだな。

鳥籠《とりかご》の中で大切にされ、崇められる生活から。

そう考えるとまた腹が立ってきた。

子供が嫌がることには理由がある。何が嫌なのか考えないと、言うことを聞けと命じるだけの教育は虐待《ぎゃくたい》に等しい。

ルカルゥは幼児ではない。言葉を理解し、ザバというルカルゥの声がいるのだから。

あ。

そういえばザバは初めからマデウス共通言語を理解していたけども、それは聖獣特典として何らかの力があるから？　よくわからん。

しかし、ルカルゥはどうして俺たちの言葉が理解できたのだろう。有翼人たちは有翼人特有の言語で話をしているのに。

ルカルゥが神様のお子さんだからかな。

それか、めちゃくちゃ勉強したのかも。偉い。


『よくもそのような非道な真似を！　ルカルラーテ様はご帰還されて間もない御身、ポンポンジャクで穢れを取り除くなどただの悪逆な行為！　地上の穢れなどまやかしであると言うておるだろうが！』

『はんっ！　我らの崇高《すうこう》なる神の御子《みこ》を案じる真似を誰が許した！　野蛮な翼どもめが！』

『野蛮な翼に島を守られ、糧を得られている白めらがどの口で言う！』

『白を侮辱するような真似は許さぬぞ！』

『野蛮な翼がなければ翼竜の襲来に怯えるだけは誰ぞ！』

長い廊下で徒競走、みたいな全速力で駆けつけた俺たちを待ち受けていたのは。

巨大なアンモナイトが押し付けられた真っ白な扉の前で口論する二人。

カラフル翼のファドラと、白翼の白装束。

あの白装束はルカルゥを迎えに来た際、ルカルゥを案じながらも俺たちを酷く憎らしげに睨んでいた女性だ。怒り心頭といった感じで魔力が溢れそうになっている。

『ファドラさーん』

ヒヨコ羽根僧兵は駆け足を止めたが、俺たちは彼を追い抜かしてそのまま走り続ける。

俺が呑気にファドラへと声をかけると、ファドラはぎょっと目を見開いた。

『タケルッ!?』

『ルカルゥの様子を見に来ただけだから、お邪魔っ、しまーす！』

俺はユグドラシルの杖を扉の前で陣取る白装束たちに向けた。

「しばらく安らかにお休みなさい！　睡眠《ソルシュ》！」

走る勢いそのままに、ピンポイントで睡眠魔法を白装束たちに放つ。我ながら魔法操作お上手じゃない？

意識を失いパタパタとその場に倒れていく白装束たちに驚くファドラたち僧兵。

だが彼らを案じている場合ではないのだ。

『何をっ……！　貴様何をした！』

白装束の女性が膝をつきながらも懸命に俺の魔法に抵抗しようと足掻《あが》いている。

おや。

この女性は魔力が強いんだな。

『安らかな睡眠を提供するだけです！　ほら、足掻かない、足掻かな～い』

『くっ……！　この、ような……！』

『おやすみなさい……良い夢を……』

ユグドラシルの杖から追加の睡眠魔法をピンポイントに女性にだけぽこぽこ重ね掛けすると、女性は膝をガンと床に打ち付け、前のめりになって昏倒してしまった。

あれは膝と顔面とその他打ち付けたかもしれない。痛いやつだ。回復魔法も少々追加しておこう。

白装束たちが全員眠ったことを確認すると、俺はファドラに向き直って叫んだ。

『ファドラさん！　ルカルゥはこの部屋の中？』

『へあっ？　あっ？　あ、ああ、ルカルラーテ様のことだな？　確かにルカルラー……待てブロライト殿！　何をなさる！』

ブロライト？

えっ？

「ちょ！　ちょー！　ちょっと待てブロライト！　その大槌《おおづち》どうしたの！」

ファドラの叫びに振り向くと、俺の横を走っていたブロライトが腰に下げていた魔法の巾着袋から大槌を取り出して担いでいた。

スッスの背丈よりも大きな銀色の槌《ハンマー》は、ドワーフ族愛用の武具だ。独特の唐草模様はエルフの細工。あれドワーフとエルフの合作か⁉

「グルサス親方にもろうたのじゃ！　ルカルゥとザバの危機に遠慮なく使いやがれと言うてな！」

「いや待ってそんなごっついので扉叩いたら！　扉砕け散る！　アンモナイトの扉！」

「そおおぉいやあーーーっ！」

芸術品として価値がありそうな見事な扉を砕けさせるわけにはいかない！

ブロライトが大槌を扉にめり込ませた瞬間から扉の修復を開始。扉は衝撃で勢いよく開いたが、俺も扉の破片が飛び散る傍から修復。

この間、コンマ秒の世界。

よしよしよし！　扉破壊は免れた！

俺の魔法も素早く展開できるようになったなあとしみじみと感じながら、ファドラの口があんぐりと大きく開くのを申し訳なく思って苦く笑う。

「ルカルゥーッ！」

クレイが叫ぶと、俺の頭でぐんにゃりしていたザバがビクリと起き上がった。

「ルカルゥ！　ルカルゥ！　ザバめが来ましたでございますことー！　ルカルゥはどちらですか！」

「ピューイーッ！」

慌てたザバが俺の顔面に腹毛をもっふり。怒ったビーがやめてって言ったでしょうと叫ぶ。

ブロライトは大槌の勢いが気に入ったのか、部屋に飛び込んでもブン回しているし。

なんというか俺たちって常に混沌としているな。

騒がしいのは嫌いではないが、一応、ここ、余所の国の中枢だからね？　神様を崇める神殿の、きっと重要な部屋だろうからね？

俺たちが押し入った部屋の中は広々としていて、とてもひんやりとしていた。

白を基調とした調度品で揃えられた部屋。毛足の長い絨毯。絨毯の素材がとてもとても気になったが、柔らかな光が窓から入ってきているのに、雰囲気が寒々しい。

豪華な内装ではあるが、ただそれだけ。とても子供が使う部屋には思えない。

ぬいぐるみとか、木彫りの人形とか、カラフルな積み木とか、レインボーシープの毛で編んだ座布団とか、子供が好みそうなものが何一つ置いていない。

これが子供の――ルカルゥの部屋？

「ルカルゥ？　いるんすよね？」

天井から音もなく部屋に降り立ったスッスが声をかけると、天蓋付きの巨大ベッドから飛び出てきた白くて小さい人。

エルフのアーさんが着ている殿中でござるみたいなズルズル引きずる純白の衣装に身を纏ったルカルゥ。

光沢のある白の衣装には金糸の刺繍《ししゅう》。

きっと名のある職人が精魂込めて作った衣装なのだろうけど、ルカルゥの身体には全く合っていない。似合っている似合っていないの問題ではなく、こんなの子供が着る服ではない。

片翼を引きずって、歩きづらそうに、だけど懸命に歩いて。

重たそうな白い首飾りや真珠みっちりの王冠みたいなものを付けさせられ、小さな指という指には無駄に巨大な白い指輪がびっちり。

そして、顔は真っ赤に腫れ上がっていた。

目が蕩《とろ》けそうなほど涙をいっぱいに溜めて。

瞼《まぶた》をこれでもかと膨れさせて。

「────────！」

叫んだ。

声にならない声が、俺たちに救いを求めた。

「ルカルゥ！」

「ルカルゥ！」

「ピュッピュピュー！」

「ルカルゥ！」

「大丈夫っすかルカルゥ！」

俺たちはよろめくルカルゥに飛びつくと、その小さな身体を抱き留めた。

「────！　……ッ、……！」

何故すぐに助けに来なかった、どうして助けてくれなかった。

そんなルカルゥの苦しさと叫びを受け止めるように、俺たち皆でルカルゥの頭を、背を、手を、肩を、優しく撫でる。

ルカルゥはクレイの膝に頭を擦り付け、ブロライトの手を強く握りしめ、スッスに頭を撫でられながら泣き叫んだ。

島に戻ってからたった数時間ほどのこと。

ルカルゥが着ていた法衣なのか特別な衣装なのか、ともかくそのズルズルに長い袖をめくると、細く白い腕に赤い痣《あざ》。青く変色しているものもある。

これがポンポン玉とかで殴られた痕か。ポンポンクジャクだっけ？　叩かれたんだっけ？　そんなのどうでもいい。

「ルカルゥ、身体中痛いよな。これ飲もうな」

鞄から取り出した回復薬はユグル族特製。

俺が作るよりも薬効成分が高く、味も美味しい即効性のある回復薬。ちなみにお子様向けのイチゴ味。

泣きすぎて瞼が腫れて目が開けられなくなったルカルゥだが、口に薬瓶を近づけたら素直に口を開いてくれた。

そのまま必死に薬を飲んでくれると、ようやっと落ち着いたのかルカルゥは深く息を吐き出した。

ルカルゥの肌に着いた痛々しい痣はみるみると消え去り、涙を流し続けただろう瞼の腫れも引いた。

「ルカルゥ、ルカルゥ……ワタクシめが貧弱なばかりに辛い思いをさせましたこと、お詫び申し上げもふり」

俺の魔力で何とか復活したザバが、俺の頭の上からぬるりと降りてルカルゥに深々と頭を下げる。

だがそのザバをルカルゥは強く抱きしめた。

「ルカルゥ、ルカルゥ、もう大丈夫です。ルカルゥが嫌なことは全て蒼黒の団の皆様にお任せしてしまいましょう。神の欠片など放っておけば良いことなのです。きっときっと、きっと……大丈夫でございますこと」

ザバはルカルゥの腕からぬるりと抜け出すと、ルカルゥの襟巻となって沈黙。

きっとザバも力尽きたのだろう。俺から魔力を充填《じゅうてん》したところで、体力は限界を超えていたはずだ。

あれだけ嗚咽して、泣いて、必死に空を飛んで助けを求めてくれたのだから。

ルカルゥもザバが襟巻として戻ってくれて安堵したのだろう。回復薬は身体の傷を治すのと同時に眠気を起こす。屈強な冒険者ならば気にならない眠気でも、小さなルカルゥは強烈かつ穏やかな眠りへと誘われてしまう。

俺は鞄の中から浮遊座椅子を取り出し、そこへルカルゥを座らせる。座椅子にはリクライニング機能を追加したので、平らにして簡易ベッドに早変わり。布団をかけてやると、ルカルゥはゆっくりとゆっくりと目を閉じて眠りについた。

寝心地はいまいちだろうに、心底安心したように微笑んで眠っている。

ルカルゥ専用の座椅子には各種防御の魔法がこれでもかと付与されているので、ルカルゥが座椅子に座ったら無理やり攫うことは何人《なんぴと》たりともできない。ウラノスファルコンの特大炎攻撃も弾き返すよ。

ルカルゥが眠るのを見守ると、即座に戦闘態勢を取る俺たち。

クレイは太陽の槍を手に、ブロライトは大槌を担ぎ、スッスは巨大出刃包丁を構えている。

俺たちにとってここは敵地だ。

仲間であり、トルミ村の家族であるルカルゥを酷い目に遭わせた敵の本拠地。

ルカルゥを泣かせただろう白装束は皆揃って爆睡しているけどね。

『タケル……』

『ファドラさん、ごめん。だけど俺たちはルカルゥが酷い目に遭うのを黙って見ていられない』

『いや……全てはパジェイ・ナーガを止めることができなかった我の失態である』

『ぱじぇいさん』

『そこの……眠っているル・ナーガ筆頭であるのだが』

はい。

俺が無理やり眠らせました。

初動の睡眠魔法で眠らないくらい魔力が強かったのには驚いたが、翌朝には爽快な目覚めを迎えられるだろう。パジェイさんイビキ凄《すさ》まじいな。

睡眠の魔法の中には悪夢を繰り返し見続け、どうしても目覚められない魔法だってあるんだからな。安らかに眠るだけの魔法を選択した俺に感謝してもらいたい。

ちなみに悪夢を繰り返し見る睡眠魔法はユグル族が開発した。憎たらしい相手に放つと良い、なんて爽やかな笑顔で教えられました。怖い。

白装束たちにも言い分はあるのかもしれない。

古くからの伝統とかしきたりとか、そういう面倒な風習はエルフの郷で嫌になるほど聞いた。

伝統に忠実になりすぎると、破滅を招くことがある。血を守るために近親婚を続けていたハイエルフたちは、滅ぶ寸前だった。

空飛ぶ島であるキヴォトス・デルブロン王国。

地上との交流はエステヴァン子爵の治めるマティアシュ領とだけ。しかも、ひっそりとした極秘の交易。

孤島に住む種族の価値観が凝り固まるのは致し方がないというか、他の選択肢を選ばないのではなくて、選べない、知らない、気づけないということ。

無知は罪ではない。

知ろうとしないことが罪なのだ。

少なくとも神の子だか何だか知らんが、子供を泣かせるような大人は警戒するに越したことはない。

『パジェイさんたちは眠っているだけです。翌日になれば元気に起きます。彼女たちが起きる前に俺たちはあの屋敷へ戻ります。ルカルゥとザバも一緒に』

『いや、しかし……！　いいや、ルカルラーテ様は貴殿らと共におられるほうが良いのかもしれぬ。少なくとも……パオネ巫女が神託を得るまでは』

パオネ巫女？

巫女は白装束とは違う存在？

俺が知っている巫女は、神社で朱色の袴《はかま》を履いてお守りを販売してくれるお姉さんのイメージなのだが。

『せめてパオネ巫女に話を伺っても良いだろうか。あの御方ならば神殿において唯一ルカルラーテ様のお声を受け止めてくださる御方だ』

おや。

ファドラたち僧兵以外にもルカルゥの声を聞こうとしてくれる人が神殿にいると。

『巫女さんとやらはどちらに？』

『離れの中庭に館がある。パオネ巫女は禊《みそぎ》に入られておられるため、そちらから御出にはなられぬ。申し訳ないが我らと共に巫女の元へ来てはくだされぬか』

ファドラが頭を下げると、駆けつけた僧兵たちも頭を下げる。

眠れる白装束たちは僧兵たちに敵意を抱かない白装束たちが寝所に運んでくれるらしいので、俺たちは一路離れの中庭へと移動開始。

巫女って神様に仕えている神職を補佐する女性のことを言うんだよな。

古代ギリシアなんかでは神様の声を届ける役目も担っていたとか。

それならルカルゥの傍に控えるべきなのは、その巫女なんじゃなかろうか。

それなのに館から出てこないとは？

7　臭い禊と穢れ払い

神殿内を移動する最中、ファドラは有翼人とこの島について教えてくれた。

キヴォトス・デルブロン王国は数百年前に繁栄し、今は君主が存在していないそうだ。

政治は神に仕える「ナーガ」の名を持つ者たちが担当し、ナーガたちの代表が巫女。

地上の人は有翼人のことを総称して「ディアナーガ」とも呼ぶのだが、それは有翼人自身がつけた呼び名ではないらしい。

誰がどうしてそう呼ぶようになったのかはわからない。だが、ファドラはその呼び方が書かれた文献を読み、全ての翼ある民に敬意を込めて「ディアナーガ」と呼ぶようにしているのだとか。

ルカルゥがザバと共に書庫で本をたくさん読んだと言っていた。

その本は、ほとんどがマティアシュ領のエステヴァン家からの寄贈品。

巫女は生まれた時に巫女となることが義務付けられていて、今代の巫女は完全に神殿育ち。白装束ル・ナーガの中でも選りすぐりの人材である「エルル・ナーガ」と呼ばれる白装束らが教育を担当し、護衛を僧兵レ・ナーガが担当している。

生まれた時から巫女になるということは、生まれた時に何か巫女だとわかるものを持っているのだろうか。

ルカルゥは神の子供なので、巫女の更に上位の存在。

つまりこの安らかにすぴすぴ熟睡しているお子さん、この国――有翼人種《ディアナーガ》たちの代表でした。

そりゃルカルゥがいなくなって慌てただろうよ。ルカルゥを捜そうにも地上に近寄ろうものなら何らかの過敏症が発症してしまうかもしれないし、ファドラは悔しい思いをしていたに違いない。

ルカルゥは片翼が、と言いそうになって黙る。

いびつな形をしている翼を持っているルカルゥが神の子と呼ばれる所以《ゆえん》。

あまり余所様のお家事情に首を突っ込んじゃいけないよな。もっとファドラと親しくなってから聞こう。今更だとは思うけど。

――と、思っていたら教えてくれた。

ルカルゥが神の子と言われるのは有翼人の中で唯一守護聖獣《チャルタラ》が傍にいるから。生まれつき喋れないとか、片翼が不自由だとか、そういうのは理由ではないらしい。

お喋りお化けであるザバはただの奇妙な白もふ生物ではなく、神の御使《みつか》い。アレが。アイツが。

あの白もふナマコが。

そういえばプニさんがザバと蒼黒の団の拠点で対面した時、プニさんは何か言いかけたような気がする。

それをザバが止めて。

あの時は気にも留めなかったけど、プニさんはルカルゥとザバの正体を知っていたのかな。ザバがプニさんに頭を下げて口止めを頼んだので、プニさんは俺たちにも黙っていたのだ。

そりゃプニさんは古代馬だからな。神様センサー的な何かでルカルゥとザバの正体を知ったのだろう。

それなら俺たちが借りている屋敷の地下室にいた、あの謎の生き物は何だろう。

ブロライトは誰かの守護聖獣かもと言っていたが、ルカルゥが唯一守護聖獣を従えているとなれば、あの謎の生き物は守護聖獣ではない。

それじゃ何だったのかと考え、今は聞くのはやめておく。あの謎の生き物の例え方がわからないからだ。謎の生き物は謎の生き物としか説明できない。

『ルカルゥは俺たちと別れたあと、この神殿に連れて来られたんですか？』

歩を進めながらファドラに問うと、ファドラは頷く。

『ルカルラーテ様は神殿の最奥にて住まわれておられる。先ほどの……あの、部屋、なのだが』

扉は即座に修復したので許してください。

ファドラがブロライトに視線を移すと、ブロライトはニタリと笑う。子供が悪戯を企んでいそうな笑顔。

いつでもあの大槌を振り回すからな、という脅しにも見えるのはわざとだろう。

「神の子供とはいえ、あのような寒々しい部屋に一人でおるのか？　あのように幼き子供が」

俺がファドラの言葉を翻訳して伝えると、クレイは顔の周りにハムズを浮かばせながら、浮遊座椅子ですこやかに眠り続けるルカルゥを見つめる。

クレイの周りを浮遊するハムズを「なんでまだいるの？」という顔で眺めているファドラは、慌てて取り繕う。

『神の子供であるからだ。選ばれし子であるが故に、他《た》の子とは線を引かねばならぬと』

「誰が言うたそのような愚かなことを」

『先ほどの……パジェイ・ナーガである』

俺がその言葉を訳して伝えると、一斉に「ああ……」という声が上がった。

なんというかあの女性は相当地位が高そうではあるが、自分の思い通りに物事が進まないとイラつくタイプだな。しかも、誰かのせいにする最悪のやつ。

伝統とか格式とか、血脈とかにめちゃくちゃ拘りそう。

『ルカルゥが戻ってきて、反抗するようになったんですね。それにパジェイさんは苛立ち、思い通りにならないからとルカルゥを虐待した』

『いや、ポンポンジャクは穢れを払うために行われる神聖な儀式ではあるのだ』

『幼い子供の肌に痣を残すような真似は、全部虐待って言うんだよ。少なくとも、地上の人は幼い子供の肌を棘のついた鞭《むち》のようなもので打たない』

トルミ村では言うことを聞かなかったり悪いことをしたら、必ず鉄拳制裁が待っている。ゲンコツ一つ頭に落とされるのだ。ガキ大将であるリックはゲンコツを避けるために知恵を働かせるから、ある意味で狡賢《ずるがしこ》く成長していると言える。

だがしかし、それは大人の仕事を手伝えるようになった年齢の子供のみ。トルミ村では十歳くらいからかな。それでも幼いとは思うが。

ルカルゥのように遊ぶのが仕事の子供に対し、体罰は許されていない。善悪の区別がつかない年頃でもあるので、根気よく善悪を教え、叱ることはあっても叩いたりすることはないのだ。

これはトルミ村に限らず、アルツェリオ王国の一般家庭での常識。

貴族の子息子女はわからんけどね。

その昔の高位貴族の英才教育は厳しすぎて、言うことを聞かない子供には鞭を打つこともあったらしいが、今は国が禁じている。実情はわからんけども。

『ファドラさんとパジェイさんはどっちが……えーと、この場合発言権が強いって言えばいいのかな。どちらが上の立場、とか』

先ほどの口論を思えば、両者共に同じ立場だとは思うのだが。

ファドラは背に畳んでいた己の翼を撫でながら教えてくれた。

有翼人たちは生まれた時の翼の色で職業が決められる。白、白に近い色は白装束。三色以上の極彩色なら僧兵。二色は神殿の小間使いとなり、白以外の色を一つだけ持つ者は民間人とされる。

カーストのようなものなのだろうけど、翼の色だけで将来を決められるってかなり酷《こく》だな。いくら種族の伝統とはいえ、人には向き不向きってものが存在する。

事実、すれ違った白装束の中にはファドラと同じ背丈の筋骨隆々な男性がいたし、僧兵の中にはヒョロリとした小柄な男性もいた。

性別がどうのこうのではなく、適材適所ってあるじゃない？

そこらへんは臨機応変に担当など配置しているのだろうが、出世は禁じられている。功績を上げても現状維持。称号も栄誉も存在しない。

それが有翼人の伝統だとファドラは言っていたが、伝統の名の元に一部暴走をする信徒が増えているのだとか。さっきの眠らせた白装束たちとかね。

「伝統に従い続けるには辛くなる時もある。己の考えが世界の全てだと思い込む愚かな輩《やから》も生まれるのが伝統に囚われた種じゃ。僅かに抱いた不安は決して捨ててはならぬ。伝統であろうとも、掟であろうとも、それが間違っておると思うたらば声を上げよ。わたしはそうして生きてきた。諦めるのは嫌じゃ」

歩きながら話すブロライトの言葉が重い。

俺はなるべく忠実にブロライトの言葉をファドラへと伝えると、ファドラはハッと何かに気づき俯いた。そして辛そうに眉根を寄せる。

今でこそグラン・リオ・エルフ族はトルミ村でたくさん見かけるようになったが、少し前までは引きこもりの伝統を重んじる種族だった。

その伝統に囚われ、間違った解釈をし続けてきたために種族が滅びに向かっていたのを、ブロライトが懸命に足掻いて止めた。エルフ族が滅ぶことはなくなったのだ。

『エルフ族は……他者を拒絶する種だと文献に記されていた』

ファドラの呟きにも似た小さな声を拾い、ブロライトに伝える。

「少し前まではの。じゃが、今は違う。わたしの住むトルミ村まで来ると良いのじゃ。あっちこっちにエルフがおるぞ？　皆、伝統を重んじてはおるが、それよりも繁栄を尊び外の世界に目を向けた者たちばかりじゃ」

エルフ族の中にも未だ頑なに外の世界を見ない人たちはいる。

信じ続けていたものを否定される辛さはわからなくもない。だが、間違いだと指摘されて何故間違いなのか思案できる柔軟な考えを持たなければ成長できないだろう。

「トルミ村に住むユグルの民らがルカルゥの――貴殿らが申す穢れとやらを払う術《すべ》を身に付けておる。それ、そこにおるタケルもそうじゃ。貴殿らは何も案ずることなくトルミまで来るが良い」

穢れがルカルゥの土過敏症と言うのならば、アレルギー症状を抑える飴ちゃんがあります。

ブロライトの言葉を伝え、俺はファドラたち僧兵に笑って見せた。

伝統は大切だけど、それよりも大切なものがあったら、そっちを優先してもいいんじゃないかなって話でした。

ファドラが呟いた言葉は聞こえてしまったが、黙っておいた。

『ルカルラーテ様の……幸せ』

ルカルゥにとっての幸せ。

きっと、たっぷり遊んでたっぷり笑ってたっぷり眠ることじゃないかな。

＋　＋　＋　＋　＋

中庭の館へと案内された俺たちは、想像していた豪華な館とは真逆の、民家にもあった巨大な巻貝の形をした家の前に到着した。

巻貝と言ってもサザエのような形ではなく、どちらかというとオキナエビスガイ。ごつごつしたサザエよりも、くるりとした巻きのとんがり具合が美しい貝だ。

オキナエビスガイを何故俺が知っているかというと、前世の同僚で海洋好きがいたからだ。趣味が高じて会社を辞めて大学に入り、博士号まで取って今は研究者として世界の海に潜っている。その彼がどこかの海のお土産として俺にくれた貝にそっくり。

神殿に来るまでの道すがら、一般庶民らしき人たちの家々を見てきたが、どれも大体が巨大巻貝の家。家の中は螺旋《らせん》階段が中央にあって、それぞれの階に個室があるそうだ。

一階が玄関とダイニングキッチンになっていて、応接間がある。

二階から四階までが家主のプライベート空間。主寝室は大体最上階に位置している。

煙突があるということは、暖炉か風呂があるのだろうか。きっとあるのだろう。風呂だったら嬉しい。

厳《おごそ》かな神殿の中にはそぐわない庶民的な家だったが、俺はむしろこの家に興味津々。

この家、凄く良いな。見た目がインパクトあるし、何だか温かみを感じる。トルミ村に移築できないだろうか。トルミ特区でも良い。「有翼人の家」として披露したい。巻貝の家からコタロとモモタとユムナが出てきたら、一気にメルヘンの世界だ。むしろ俺の別荘としてどこかに置きたい。

そんな巻貝の館から出てきたのは、巫女に仕える灰色の翼を持った子供。子供なのかな？ が二人。

ジルバッブのような大柄のスカーフを頭からかぶっているため、どんな顔をしているかはわからない。小柄な大人なのかもしれない。

翼の色が白ではないと白装束は纏えないし、極彩色ではないと戦士として羽ばたくこともできない。

神の傍で仕えたいと望んだ人たちは、己の翼と同じ色の衣を纏う。決して神に仕える者《ナーガ》を名乗ることは許されない。

嫌だなあ。有翼人にも格差社会ってあるのか。

しばらくトルミ村で暮らしていると、あまりに平和でそんなギスギスした上下関係忘れてしまいそうになる。アルツェリオ王国の貴族社会や冒険者たちも、とんでもない格差社会ではあるけども。なるべく貴族と関係なく過ごしたいが、蒼黒の団は国王陛下が認めた冒険者チームなので、どうにもこうにも貴族社会とは切っても切れない仲。貴族というか大公閣下と国王陛下とお茶する仲で す俺たち。

二人の傍人《ぼうじん》だけが巫女の館に入ることを許されているらしいので、二人に巫女を呼んでもらう。

ルカルゥは浮遊座椅子で深い眠りについているのだろう。頭まで布団をかぶってはいるが、寝息は穏やか。ザバは緊張が解けたのか、ルカルゥの襟巻形態からヘソを天に向けて身体を伸ばしつつある。浮遊座椅子から落ちないよう、ザバのぬるりとした身体をルカルゥの腹の上に戻してやった。

二人ともリラックスできたようで何より。

『ルカルラーテ様が戻られたのは本当なの？　まあまあ、それならわたくしにも知らせに来ていただきたかったわ。でもやっとお戻りになられたのね？　それは喜ばしいことだわね』

おや？

急に辺りが臭くなったぞ？

さっきまで神殿内では磯《いそ》の香りに混じって海苔《のり》の匂いがしていたのに。

何だろうこの臭いの。酸っぱ臭いというか、この嫌な臭《にお》いには覚えがある。

あれだ。

少し前のベルカイムの冒険者ギルドエウロパの臭《にお》いだ。

風呂嫌いの冒険者たちが垢《あか》まみれの顔でうろついていた、あの思い出の香り。

いや思い出したくない臭《にお》いだっての。

ベルミナントが贔屓《ひいき》にしている商会を通じて俺が石鹸《せっけん》をギルド職員に卸したら、ギルド職員は石鹸を必需品として使うようになり、毎日湯屋へ通うようになった。

ギルドの受付嬢たちは石鹸と風呂の虜《とりこ》となり、風呂に入らない不清潔な冒険者はキライッと公言してしまったので、ギルド受付嬢を狙う冒険者たちは皆湯屋へ行くようになったのだ。

臭いと目立つようになり、不快なものでも見る目で睨まれるようになった風呂嫌いの冒険者たち。

今はエウロパに所属するほとんどの者が湯屋へ通うようになったらしい。

毎日は無理でも、三日に一度は汗を流して石鹸を使うようにしてくれた。

庶民でも気軽に買える石鹸を売るようベルミナントに頼んだのは俺です。だって臭いギルド本部に入りたくないから。

「くさ……」

思わず俺が呟いてしまうと、ファドラたちはその場で膝をついて頭を下げた。

これは俺たちも倣《なら》って膝をつくべきか？　と思ったが、それよりなにより臭い。

俺たちも慌てて膝をついて深く頭を下げる。

温泉大好きクレイは顔を顰《しか》めてしまい、とうとう鼻を手で押さえた。

ブロライトも顔を顰《しか》めて両手で鼻を押さえている。俺と出会った頃はブロライトも似たような悪臭を放っていたというのに、クレイと同じく温泉に入るようになってからはブロライトはフローラルでウッディな香りを纏っています。

スッスは忍者モードで無表情を貫いているが、あまりにも臭くて涙目になっている。

ビーは言わずもがな。俺のローブの下に隠れ、俺のシャツに顔面を押し付けて耐えていた。

これは清潔魔法をぶっ放すべきか。

いやしかし、何か事情があるのかもしれないから勝手な真似はするべきではないか。

さっき勝手に扉ぶち壊しかけた俺たちが言えたことではないが、穏便に話をさせていただきたい。

巫女さんはルカルゥの味方になってもらわなければならない。

『パオネ巫女、レ・ナーガがファドラ・ナーガ、参りました』

『まあまあまあ、お久しぶりですわねファドラ・ナーガ様』

もわ……

巻貝の家からゆっくりと出てくる影と共に。

酷い悪臭が放たれる。

灰色装束の小柄な二人は、スカーフの下に両手を入れている。あれ絶対鼻を押さえているんだろう。

これは本当にアレだ。数週間以上風呂に入っていない、身体を拭いてもいない冒険者の臭《にお》いだ。

俺たちが巫女に失礼のないよう鼻から手を放すが、どうにもこうにも耐えがたい。

臭《にお》いというのは酷くなると目に痛みをもたらす。感覚過敏という臭《にお》いに敏感な症状があるが、そうではない。

悪臭に混ざるアンモニアとか、独特な汗の臭《にお》いとか、髪に溜まった脂が放つ臭《にお》いとか。

『ふう、ふう、久しぶりに歩くから大変。あら？　どなたかお客様も御一緒なのかしら？』

『は。こちらはリステイマーヤが導きを許した地の子らです。悪《あ》しき怪物を討つ勇ましき者たち』

『まあっ……！　まあまあまあ！　素敵！　地の子が天《あま》が原《はら》に降り立つのは幾百年ぶりのこと？』

『文献を調べねばわかりかねますが……』

『さあさあ顔を上げてちょうだい！　わたくし、地の子にお会いするのは初めて！』

俺たちは頭を下げながらも互いに顔を見合わせ、意を決して顔を上げる。

悪臭が顔面を貫く勢いで放たれた。

「ビュビッ！」

ビーが臭《にお》いに耐えられず、俺のシャツを引っ張って自分の鼻にねじ込みやがった。

目の前にいたのは。

とてもとても……とっても大きな。横に大きな、まるまるとした女性。

赤珊瑚のような髪は脂でぺったりとし、毛先がもさもさで揃っていない。

つぶらな目と小さな鼻と口。とても優しい雰囲気を持つ顔をしているが、いかんせん大きい。横に。

歳は若いようだが杖をついている。足が悪いのかと思いきや、自重のせいで歩くのが困難なのだろう。

家から外に出るたったの数歩がとても苦しそう。ぜいぜいと肩で息をしている。

清潔魔法したい。清潔魔法したい。清潔魔法まんべんなくぶっ放したい。

この悪臭は彼女から放たれている。何日もお風呂に入っていない独特な臭《にお》い。

女性に対し、ましてや神殿の尊い巫女様に対しとても失礼なのはわかるが、わかるがしかしこの悪臭は何の拷問《ごうもん》だ？

『ばどりゃしゃん』

俺は我慢できずに鼻を洗濯バサミでつまんでしまうと、地面に置いていたユグドラシルの杖に手をかける。

『タケル。鼻をどうした』

ファドラはこの臭《にお》いに耐えられるの？　鳥って鼻なかったっけ？　いいや鳥と有翼人は別種。有翼人にだって鼻はあるはず。

『こにょ臭《にお》いは、わりぇわりぇ地のもにょには耐えがてゃい臭《にお》いなのでごじゃいやす』

言って。

『臭《にお》い？　巫女の禊の臭《にお》いか？』

『こりぇがみしょぎ？？？」

何言ってんの？

禊って、汚いもの——穢れを落とし自らを清く保つことを言うんだよな。

エルフ族は大樹ゴワンに入る時、必ず泉の水で全身を清めていた。外界の邪気を払うためだと言って。

日本では行水とか滝行とかも禊と言われていた。

つまり、心身共に清くする行為を禊と言うのだ。

キヴォトス・デルブロン王国では自らを汚く保つのが禊なの？

俺は洗濯バサミを鼻から外すと、焦って言う。

『有翼人は自らを汚くするのが禊なのですか？　俺たちの文化では、風呂に入ったり温泉に入ったり……ともかく、身体を綺麗にすることを禊って言います。有翼人は違うんですか？』

風呂に入るのは日常の習慣であって禊ではないけども。

『えっ？　……神の御声をいただくためには自らの身を維持せよと』

巫女がキョトンとした顔で首をひねる。

だが、直ぐに俯き目を閉じた。

『……禊を始めてから神の御声をいただいてはいないのですが』

小さな小さな声だったが、俺の耳はパオネの悲しみの声を拾った。

いやいや、ゴリゴリの悪臭を放たないと聞こえない声って何さ。その声は果たして神の声なのか？

『自らの身を維持するのは、汚いままでいろってことなのですか？　というか、有翼人ってお風呂……ええと、湯殿に入る文化ないんですか？』

『湯殿はあるわよ？　でも、でも、禊の最中《さなか》は……肌に水を触れさせてはならないと』

『そういう掟なのですか？』

『え、ええ、パジェイ・ナーガが』

ぱじぇい。

ああ、さっきの感じの悪い白装束な。

『タケル、何を言っておるのだ？』

『ファドラさん、巫女さん、よくよく考えてください。神様って尊くて大切な御方ですよね？』

『ええそうよ。我らキヴォルの民を御守りくださる尊き存在なのだから』

『それなら、そんな大切な御方の声を伺うのに、汚い姿のままで良いと思うんですか？』

『えっ……？』

『俺たちは風呂が好きなので、毎日風呂に入ります。だって汚い装いのままだと気持ち悪いし、人に会う時誰に対しても失礼でしょう？』

風呂と温泉が当たり前な文化になったトルミ村では、汗まみれのまま蒼黒の団の広間に行くことは禁じられている。もっとも、その部屋に入る前に清潔魔法が発動して全身綺麗になるんだけども。

蒼黒の団の広間には飲んだくれのおっさんがいつでもいるのだが、その中にグランツ卿やアーさんが紛れている時もあるので、失礼のないよう仕事終わりの飲んだくれたちも風呂に入ってから広間で酒を飲むようにしているのだ。

俺の指摘に巫女から笑顔が消える。

『えっ？　えっ、で、でも』

『少なくとも地上では、禊では身体を綺麗に洗います。清めるとも言います。神様に失礼のないように』

この際ぶっちゃけて言ってしまいます。

『有翼人の禊はおかしいです。そして、貴方は、お風呂に入るべきだ』

相手が女性だろうが男性だろうが、ものすごい失礼になるけど構うものか。

『巫女さん、貴方はパジェイに騙《だま》されているのではないですか？』

『そんな！　そんな、まさか！』

『ルカルゥの帰還を知らせなかった。風呂に入らせないで中庭のこんな辺鄙《へんぴ》な館に隔離している。普通、巫女っていうのはルカルゥの傍近くに控えるものでしょう？』

『……そうよ。そうだけど……パジェイ・ナーガが……わたくしが穢れを纏ったからルカルラーテ様が島から出奔《しゅっぽん》してしまったと』

どんな理由だよ。

わなわなと震えながらやっと家から出てきた巫女の背中には、純白の翼が四枚生えていた。

この四枚の翼が彼女を巫女と仰ぐ理由なのだろう。

何日も風呂に入っていない独特の臭《にお》いを放ちながらも、ぷくぷくしたまんまるい顔の巫女は神々しく見えた。

8 ヘスタスのぶん投げた槍

『嘘つきぃ！』

そんなわけで巫女は俺たちに叫んだわけで。

俺たちというより、俺たちの背後で土下座している白装束たちに向かって。

『自ら考えるという力を失っていたわたくしが一番いけないのはわかっているわ。それでも、貴方は、貴方たちはそれが正しいのだと、わたくしがやるべきことなのだと念を押したわね。神殿の湯殿に入ることを禁じたのは、禊でもなんでもなくて、わたくしへの嫌がらせだったのでしょう！』

巫女がさめざめと泣きながら訴える。

『い、いいえ、そのようなこと決して……』

『尊き神の御声を伺う時に汚い装いのままだったら、貴方は如何《どう》思って？　とてもとても穢れた臭い身体で神をお招きできるとお思いなの？』

『で、ですがそれは……それは、禊に耐え抜く強き力を備えていただきたいがために』

『歴代の巫女でこんなふざけた禊を行った巫女はいるのかしら。さあ、答えてちょうだい。神殿の歴史書をわたくしに見せなさい』

『それは……！』

『それでは四翼《よつよく》巫女であるパオネ・ナーガ・ラーガが、パジェイ・ナーガら以下エルル・ナーガらに命じましょう。貴方たちも、わたくしと等しく、身を保つ禊を行いなさい！』

『そんっ……、いえ、それは恐れ多いことで！』

『強き力を備えるための禊なのでしょう？　それとも白を身に纏うものが禊を断ると言うのですか！　ならばレ・ナーガらに命じます。何が何でも、わたくしに禊を勧めたパジェイ・ナーガらエルル・ナーガにわたくしと同じ禊をさせなさい！』

ぶち切れた巫女パオネは怖かった。

お腹のお肉をぶるんぶるん震わせて、それはそれは怒った。

無論、俺はあの巻貝の館の前で館ごとまるっと徹底的に清潔魔法を展開させていただいた。精魂込めて。

部屋の中に溜まっているだろう悪臭、汚れ、それらを徹底的に消え去るように。

すると巫女の赤い珊瑚のような髪はふんわりとした波打つ美しさを取り戻し、肌はもちもちぷるるんと。巨大な体形までは変えられないが、さっぱりすっきりとさせていただいたのだ。

俺の魔力がごっそりと持っていかれた。ということは、清潔にするためそれだけの魔力を必要としたのか。どれだけ汚れていたんだよ。怖い。

すると巫女は涙を流して喜び、本当は湯殿に入りたかった、翼を美しく保ちたかった、湯船に浸かりたかったのだと訴えたのだ。

その哀れな姿を見た灰色装束の二人が同じく涙を流し、頭からすっぽりとかぶっていたジルバッブを脱ぎ捨てて言ったのだ。『巫女様！　湯殿をご用意いたします！』と。

ちなみに灰色装束の二人は、双子の男女だった。十歳くらいのお子さん。同じおかっぱ頭でそっくりな双子。

巫女は専用の湯船にゆったりと浸かり、お気に入りの香油を全身に纏い、心と身体を解きほぐしてから冷静に考えたそうな。

やっぱりおかしくない？　と。

尊い神の御声をいただくのだから、やはり美しい装いのほうが良いに決まっている。何日も――巫女は数か月風呂に入らなかったらしい――汚い肌や髪のままでいて、それが禊になるわけがない。

俺はクレイたちに状況を説明し、それぞれ「やっぱりあの白装束の意地悪じゃね？」という結論に至った。

クレイは特に貴族社会に詳しいので、そういった妬《ねた》み嫉《そね》みの嫌がらせは多く経験している。何故そうしたのかはわからないが、パジェイ・ナーガが出任《でまか》せをそれらしく言って聞かせたのではないか。

伝統だからと言われてしまえば、伝統を重んじる巫女はその言葉に従ってしまうだろう。何の疑問も抱かずに。

俺たちはルカルゥとザバが無事ならあとはどうでもいい、とは言えなくなった。

軽い昼寝のあと、腹を空かせたルカルゥが目覚め、パオネ巫女を見つけるなりその腹に飛びついたのだ。

パオネは怒りながらもルカルゥを腹に抱き、ルカルゥの頭を撫でまくり、肩で息をしながら必死に怒りを露わにしているわけで。

ただなんでも言いなりになる巫女じゃなくて良かった。

土下座をする白装束の先頭。パジェイ・ナーガは憎らしげに俺を睨んだ。

俺はその視線を受け止め、つまらなそうに見下ろす。悪役っぽく見えるように。

『俺を恨むのは好きにしなよ。いつまでも恨んで恨んで、俺のせいにすればいい。己の行いを反省しない信徒なんて――ナーガを名乗れるかはわからないけどさ』

『タケル様を恨むだなんてわたくしは許しませんよ！　わたくしと同じ禊、少なくとも二か月の間湯殿と水浴び、身体を拭くことを禁じ、その翼に炭をかぶせる刑に処します！』

『正統なるパジェイリーア・ナーガ家の筆頭たるこのわたくしの翼を汚すと言うのか！』

『炭で汚すだけよ。二か月も洗えなければ灰色に染まってしまうかもしれないけれど、貴方はわたくしにも同じことをしたじゃない』

『そんな！』

極刑に処す、とか言い出さないかハラハラしていたけど、そんなことにならなくて良かった。

灰をかぶったままの翼が二か月後にどうなっているかは運次第だと思う。灰色に染まる翼もあるだろうが、そうならない翼もあるだろう。

そもそも鳥の翼って水に濡れにくく、汚れを弾く性質があるからな。有翼人の翼はどうなるかわからないけども。

翼を汚される行為は有翼人にとって屈辱的なことなのだろう。パジェイが必死に許してくれと訴えながら僧兵に拘束された。

『頭が痒《かゆ》くなったら油を塗ると良いわ。少しだけ痒みが治まるのよ』

白装束たちが数名、僧兵たちに連行されている最中に巫女が呟いた。

『わたくしは、心の底から貴方を信頼していたのに……』

再び大粒の涙をぽろぽろと流す巫女に、ルカルゥは腰に下げていた巾着袋から布を取り出した。

村の子供たちがルカルゥのためにと懸命に刺繍をした、ビーの姿が描かれたハンカチ。

宝物にするのだと大切にしていたハンカチを差し出すとは、ルカルゥにとってパオネはとても信頼している相手なのだろう。

『ルカルラーテ様は相変わらずお優しいのね』

『……、……！』

『ルカ、ルゥ様？　ルカルゥ様と？　まあ、皆様はルカルラーテ様のことをルカルゥ様とお呼びになられているのね。なんて可愛らしいお名前。それならば、わたくしもルカルゥ様とお呼びいたしますわ』

高い天井に響くパオネの声。

ここは神殿の中枢にある、中央聖殿。巫女が神の声を聞くための部屋であり、神に日頃の感謝を祈る部屋でもある。審判の部屋――とも呼ばれているらしい。

神様の声ってボルさんのように頭に直接響くような声なのだろうか。

それともプニさんやリベルアリナみたいに普通に会話ができるのだろうか。

そこは謎なのであとで聞けたら聞くとしてだね。

中央聖殿という神殿の中でも大切で特別なお部屋なわけですよここ。

そんでね。

天井がさ。

不自然にぽっかりと空いていましてね……

綺麗な青空、なんて思う暇なく俺たちは即座に硬直した。

中央聖殿でパジェイの断罪を行うと聞いて、俺たちもノコノコついていくべきではなかった。だけどもルカルゥの浮遊座椅子に触れられるのは俺たちだけだから、浮遊座椅子から降りようとしないルカルゥを同席させるには俺たちもついて行かなくてはならなくてね。

この部屋に案内された時、青空が見える部屋なのか、おそらきれい、なんて感動していたら天井が不自然に破壊されているのに気づいてしまって。

部屋の奥にある十段以上はある階段つきの祭壇。

その祭壇の上に神々しく突き刺さっている槍。

あの槍は、ヘスタスがぶん投げた槍だ。

つまり槍がぶち壊した聖堂というのは、この場所。

天井をぶち壊した衝撃でたまたま祭壇の上に落ちて刺さったのか、それとも神の何かしらの意図なのかはわからないが、あの槍は完全に祀られている。槍の周りにカラフルで華やかな海藻が埋められ、金や銀の食器が槍の前に供《そな》えられていた。

巻貝の天井は見事に崩落しており、美しい羽根の装飾にヒビが入り、そこらへんに瓦礫《がれき》が散らばったまま放置されている。

だが、祭壇の周りだけは綺麗に掃除がされていた。

「……なんで天井直さないいんだろか」

俺が盗聴防止魔道具を起動してから皆に問うと、皆は呆然とした顔で槍を見つめていた。

ぶっちゃけますと、パオネの怒号が響く中でも崩落した天井とあの槍が気になって仕方がなかったのだ。

「……何か、理由があるのじゃろう？　聖なる部屋ならば、相応の職人が直さねばならぬとか」

泣いてしまったパオネを慰めるルカルゥを気にしながらも、ブロライトが答える。

「天井を直せる職人がいないいんすかね。わからないっすけど。それよりもあの槍って、持ち主に返さないといけないいんすよね？　あの、ちょっと怖い綺麗な女の人に」

そうだよ。

スッスの言うように、ヘスタスがぶん投げたあの槍は伝説のダレソレさんの何かわからないが凄い槍らしいのだ。

リザードマンの偉大なる祖先が眠る地下墳墓《カタコンベ》の墓守、リピが宝物庫にて保管していた有翼人の英雄が所持していた愛槍。

伝説のダレソレさんから槍を託され、ずっとずっと、何百年も大切に保管していたのに、ヘスタスがリピに黙って持ち出してぶん投げて失ったと。

——もともとの持ち主がディエモルガだとしても、邪神の十文字槍はアタシのものだから。絶対に、絶対に取り返しなさいよ！

と、言われてしまっているんだよなあ。そうそう、有翼人の英雄ディエモルガって言っていた。

何がどうして英雄なのかは知らんけども。

それじゃあ俺が頭を下げに行く！　とイモムシ状のヘスタスが息巻いていたが、機械人形《オートマタ》の身体が修復されないのにその姿《イモムシ》のまま外へ出るのはリピに禁止されている。というか、常闇《とこやみ》のモンスターとの激戦でヘスタスの機械人形《オートマタ》は修復不可能なまま。誰か直せる人を目下探し中。

巫女がさめざめと泣いている今、あの槍を返してください、なんて言える話ではない。しかし、あの天井を壊したのはあの槍で、という理由は早いところ話したい。何かこう、罪悪感がどんどん積み重なっていく感覚が嫌だ。罪悪感が募るだけじゃないぞ。やはり天井が開きっぱなしというのは気になるし寒いじゃないか。

あの槍、絶対に神具とか神の啓示とか、そんな扱いされている。

部屋の壁や柱には珊瑚や貝などの意匠。大きな天井には巻貝の痕跡も見える。

マデウスには数えきれないほどの神様とその神様を崇める宗教が存在しているが、有翼人の崇める神様ってどんな造形をしているのだろう。珊瑚とか……貝だったりするのかな。タコだったらどうしよう。会ったら絶対に美味しそうって思っちゃう。

教会のような場所には崇める神の肖像画が飾られていたりするのだが、この聖堂には絵が一枚もない。彫像もない。

あの槍が象徴かのように置かれているだけ。

「改めてご挨拶を申し上げますふ。わたくしめは四翼巫女パオネ・ナーガ・ラーガと申しますこと。

ルカルラ……ルカルゥ様を保護していただき、島までお戻しいただけたこと、なんと感謝の言葉を申せばわからないほどに感謝を致しておりますですことで」

涙を拭いて深く深く頭を下げたパオネは、マデウス共通言語であるカルフェ語で話した。

いや、どっちかというと「カルフェ・ザバ語」に近い。

「貴殿は我らの言葉がおわかりになられるのか？」

クレイが驚くと、パオネはパッと花が咲くように微笑んだ。

「ルカ、ルゥ様とザバ様と地上の文献を読みましたですこと。言葉はザバ様に教えていただきましたことで。四翼の巫女がこんなことを考えてしまうのはいけないことだとわかっておりますですことですが、わたくしも……少しだけ外を知りたかったのでございますですこと」

本を読んで世界を知った。

ルカルゥとザバとパオネは本を読み、文字を覚え、言葉を覚えたのだろう。

そして、知識を身に付けた。

狭い島だけの価値観だけではなく、広い外の世界の理《ことわり》を。

「ルカルラ、ルカルゥ様が島を出奔されたのはわたくしのせいでございますこと。わたくしの身体がこう……重たくなってしまい、ふう、ふう、あまり、お傍にいられなくなってしまいましたのでございますことで」

「其方《そなた》は何故にそのような重苦しい身体をしておるのじゃ？」

ド直球に聞いているんじゃないよブロライト。もっと何かに包んで遠回しに聞きなさいよ。

戦闘民族エルフは誰一人として肥《こ》えてはいないが、トルミ村にはちらほらいるぞ。恰幅《かっぷく》の良い酒好きの方々が。

それでも杖をついて歩くほど大きな人はいないけど。

パオネは無邪気な微笑みを消して項垂れる。

「……パジェイ・ナーガが」

またアイツか。

「……たくさん食べて聖なる力を蓄えなければ、神の御声は届かなくなると」

「そんなわけあるかい」

思わず突っ込んでしまった。

頑丈そうな黒い珊瑚の椅子に腰かける……というか、尻やら背中やらの肉がはみ出ちゃっているパオネの身体を見て不安になる。

「パオネさん、心臓が、ここの、鼓動が、常に速くないですか？」

俺が自分の胸に手を当ててパオネに問うと、ルカルゥがパオネの胸に張り付いて首を傾げる。

「ええ、ええ、どぐどぐって、うるさいくらい」

「常に疲れていません？　本当なら、こうやって喋るのも億劫《おっくう》になるくらい？」

「ええ、ええ、そうよ。どうしてわかるの？」

そりゃあれだよ。

完全なる肥満だからだよ。

トルミ村に落ちてきた頃のルカルゥを思い出す。あの頃のルカルゥはぽちゃっと、むちっと、子供にしては太っていたのだ。

有翼人はルカルゥのような体形の種族なのかなと思ったくらい。

「パオネさん、今の食生活ってどうしています？」

俺が診断モードに入ると、クレイとブロライトとスッスは野営テーブルセットを取り出してお茶の準備を始めた。ここは聖堂なんだけど、俺たちに時と場所と空気は関係ない。

パオネは戸惑いながらもむちむちした指を折って言う。

「朝はネライの蜜を塗った砂糖菓子をお腹が痛くなるまでいただいて、すぐにメラルのお茶をいただきますこと。それからいくつかの焼き菓子と羽根竜の甘煮をいただくでしょう？　時々リョロロロンも食べなさいと言われて……わたくしはリョロロロンが苦手なのですが、それも禊の一つだと」

頭が、痛いよ。

何の料理を食っているのかはわからないが、蜜やら砂糖菓子やら甘煮やらを休むことなく食い続けていりゃ、そりゃ太るわ。

何でも美味しく食べるルカルゥすら嫌いだというリョロロロン。保存食なのか甘味なのか調味料なのか気になる。

「野菜は食べないんですか？　マティアシュ領との交易で得られる野菜がありますよね？」

「地のものは穢れが強いので……わたくしは口にできませぬこと。できれば食べてみたいのでございますことで」

俺はスッスに目配せをすると、スッスは巾着袋から大きな鍋をずるりと取り出す。

あの寸胴鍋には栄養満点のトマト味の野菜スープがたっぷり。

ブロライトが巾着袋から取り出したのは、トルミ産の野菜が複数。クレイは蒼黒の団愛用の大きな机を取り出した。

どのような場所でも、俺たちは快適にご飯が食べられるスタイルを貫きます。

「あのですね。有翼人も地上の我々も、身体の作りは似たようなものだと思うんです」

「ええ、そうですこと」

「翼があるかないかくらいで、腹が減れば飯を食って、眠くなったら寝るでしょう？」

「ええ」

「ですからきっぱりと言います。パオネさんは、今のままの食生活を続けていたら近いうちに大病を患《わずら》います」

「ええっ！」

パオネが驚くのと同時にルカルゥも顔を上げ、驚く。

「大病を患うだけなら回復の余地もあります。ですが、どこかにぶつけた、転んだ、骨を折った。それがきっかけで寝たきりになったら……誰かの助けがなければ動けない身体になってしまいます。そうしたら、二度と歩けなくなるかもしれません」

「そんな……そんな！」

太鼓腹で酒大好きドワーフ連中にも口を酸っぱくして忠告していることを言う。

働いたら食う、飲む、それは良い。だが度を過ぎると酒は毒になる。

適度に身体を動かし、バランスの取れた食生活と適度な酒。それが健康的な肉体を維持する。健康な肉体でいられると、良い仕事に繋がるのだ。

「パオネさん、貴方、既に空を飛べなくなっているんじゃないですか？」

俺が静かに問うと、パオネは身体を強張《こわば》らせ顔をくしゃりとさせて涙を流す。そうして、ゆっくりと頷いた。

「胸がどくどくうるさいのは、貴方の拳ほどの心臓という臓器が、必死になって貴方の身体に血を巡らせているからです。心臓は身体で最も大切な臓器。この臓器に無理をさせ続けると、いつかは止まって動かなくなってしまう。そうなると……」

「わたくしは……死んでしまうのですね」

「いや、今すぐどうこうなるわけじゃないと思いますけどたぶん」

顔を手で覆って再度泣き出してしまったパオネをひっそりと調査《スキャン》したらば、見事な肥満症と診断された。

高脂血症に高血圧に脂肪肝で血液の巡りも宜しくない。それでいて骨粗鬆症《こつそしょうしょう》気味。

血糖値が異常なほど高いが、糖尿ではなかった。

完全回復薬《リディアル》は肥満症を治せない。太った身体をたちどころに細く痩せさせる薬も魔法も存在しない。

ただ、完全回復薬《リディアル》は今患っている病気を治す手助けはするだろう。癌《がん》やら白血病やらの病は完治できるが、脂肪肝を健康な肝臓に戻すことはできないのだ。

魔法の完全治癒は対象者の屈強な精神力と体力が必要となる。完全治癒は怪我には有効だが、痩せには効果ありません。

そんなわけで、まずは野菜を食べましょう。

前世の健康大好き友人曰く、食事はまず野菜や果物、発酵食品を食べるべし。

体質とか好みとかその場の雰囲気などで食事の順番は臨機応変に変えて良いと思うが、痩せることを目的とした食事ならば、バランスよく適度に、そして水をたくさん飲めと。

痩せサプリメントだけに頼るのではなく、とにかく動け。歩け。ストレッチ、筋肉を解《ほぐ》すことも有効。

地上から持ち込む食材には調理前に全て清潔魔法を施し、有翼人にアレルギー症状が出ないよう気をつける。

パオネはルカルゥと同じ土過敏症だったので、根菜には特に注意が必要だ。

俺が一つ思うのは、有翼人が土過敏症なのってこの島が珊瑚でできた島だからこそ、有翼人は土に対して免疫がないからじゃないのかな。

地上の土の何が有翼人のアレルギー症状を引き起こすのかはわからないが、生まれた環境や種族の体質によるものだろう。

食材にアレルギーはないようなので、まずは新鮮な野菜を食べていただきましょう。

「こ、これではいつもより食べる量が多いのですこと……！」

パオネは焦るが、日々の極甘料理に比べれば量は多くとも熱量《カロリー》はかなり抑えられているのだ。

大きな深皿に山盛りの野菜、そこへ野菜を煮詰めたドレッシングをあえる。トマトの野菜スープと、ポーポードードという軍鶏《しゃも》に似ている肉を蒸したやつを添えて。

鶏肉を蒸したものはサラダに混ぜてしまえば食べやすい。

果物は瓢箪《ひょうたん》の形をした林檎《りんご》と、大きな葡萄《ぶどう》と、少しだけキノコグミ。

それから大型獣人用のジョッキに入れた水。リベルアリナの恩恵がある、ちょっと甘みを感じる飲料用の清水だ。

水は全部飲まなくても良いのだが、この水は不思議とするすると飲めてしまう水なので少し多めに。

深皿にめいっぱい積まれているから量が多いと思うのだろうが、ほとんどが野菜だ。カロリー控えめではあるが、腹はしっかりと満たされる。たぶん。俺たちの胃袋と常人の胃袋の許容量がよくわからん。

「ルカルゥも同じような食事をいただきますこと！　ワタクシめも同じような食事をいただいてしまいますことです！　巫女様も同じ食事で嬉しゅうございますことで！」

ザバがスープの匂いにつられて起きた。

厳粛《げんしゅく》なはずの聖堂のど真ん中、俺たちは巨大な机を取り出して早めの夕飯。

全員同じメニューを揃えたのは、俺たちだけ肉汁したたる串焼き肉とか食べるのは残酷に思えたからだ。

借りている屋敷に戻ってから追加で何か食うことにすれば良いのだ。

ルカルゥが子供用の高い椅子に腰かけ、嬉しそうに足をプラプラとさせている。

この椅子はエルフの木工職人であるペトロナがルカルゥ専用に作った椅子。背もたれは翼の邪魔にならないよう、背骨と腰部分にだけクッションがある特別なルカルゥだけの椅子だ。

「とても不思議な匂い。でも、嫌いな匂いではないですこと。ああ、食べるのが楽しみだと思えるのは初めてかもしれないですこと。尊き神よ。我らの父であり母たる神よ。新しき出会いに感謝を致しますこと。愚かなわたくしをお救いくだされた蒼黒の団の皆々様に深き感謝を。そして、今日得られる糧に感謝を致しますです」

「それじゃあ皆さんご一緒に！」

「「「「いただきます！」」」」ですこと！」

パオネ以外全員両手を合わせていただきますを言うと、パオネが驚く。

ルカルゥも口を動かし「いただきます」と言った。そして、パオネに向かって笑い、口をぱくぱくと動かした。

「いただきます……糧を作ってくだされた皆様と、糧となられた魂と、料理をしてくださった皆様に感謝をする言葉なのですね。とても素晴らしいことです……」

パオネは静かに手を合わせ、微笑みながらいただきますと言った。

9　気づいてしまいたくなかった予感

「焦らないで！　ゆっくりでいいよー！」

翌日から巨体パオネを少しでも健康体へしよう、せめて杖なしで歩けるようにしようね計画が実行された。

と、言ってもダイエットなんて概念のないマデウス。

ふくよかであればあるほど裕福な証拠という価値観すらあるアルツェリオ王国の風習。その風習は少し古いが、歳を重ねるほどにふくよかであれば美しいと貴族社会では思われている。

暴飲暴食を繰り返した末のふくよかさではなく、内面の優しさや余裕のあり方などがにじみ出るような健康的なふくよかさと例えれば良いだろうか。無論、甘ったるいお菓子を連日食べるようなお茶会に参加していれば太るけども。

ドワーフと小人族がぽちゃっとしているのは、種族特有のこと。小人族は痩せたり太ったりといった体形の変化はほとんどない。

腹が出すぎているドワーフはいるが、グルサス親方とか、グルサス親方ね。元々肝臓がめちゃくちゃ強い種族でもあるので、毎日一升瓶《いっしょうびん》を飲み干しても翌朝に響かない酒豪が多い。しかし、水と酒を同位に考える種族なので、酒の取り扱いには注意せねばならない。

最近のグルサス親方は親方の弟子であるリブさん監修の下、飲酒制限をされている。ドワーフだって飲みすぎは宜しくないということで、俺特製のデトックスウォーターを飲みつつの飲酒をするようにしてもらった。

デトックスウォーターとは名ばかりの、軽い解毒作用のある薬草入りの飲料水なんだけどもね。

本当の酒飲みは水を飲みながら酒を飲むんだ、と教えてくれたのは日本酒専門酒場の店主だった。あれは和《やわ》らぎ水と言ったっけ。

ともかく、病的に肥えているのはとても宜しくない。

パオネは杖を突きながら、ゆっくりとゆっくりと中庭を歩いている。

柔らかな珊瑚砂の上を素足で踏みしめ、ゆっくりと。

神殿内にある珊瑚砂は、港から神殿までに来る道中の珊瑚砂とは違う。色も純白に近いし、より粒が細かい。素足で歩くとキュッキュと独特な音がする。

この世界にはウォーキング用のスニーカーなんて存在しない。そのうち転移門《ゲート》を置いてアルツェリオの王都でパオネ専用の靴を作ってもらおう。

神殿にいる人ってサンダルしか履いていないんだよな。

ダイエットするとなると、ジョギングとかランニングを始めがちだが、あれは自重が軽い人向けであり、重たい身体のまま走ると膝や足首を痛める可能性がある。

まずは歩くこと。ゆっくりと、急がず、慌てずに、筋肉を使うこと。

「パオネ様、汗を拭きますですこと」

「ふう、ふう、ふう、ありがとう、ザバ、様」

「パオネさん、喉が渇いたら水を飲むっすよ」

「ふうう、今は大丈夫ですこと。ありがとう、スッス、様」

神殿内の廊下を歩くことも考えたのだが、冷えたつるつるの床を歩くと靴を履いているとはいえ足が冷えてしまう。足先の冷えは宜しくないのではとブロライトに言われ、ならば珊瑚砂の上を素足で歩こうぜとなったのだ。

ブロライトは意外と美容系について詳しい。何故ならブロライトの姉であるリュティカラが美意識高い系姉だからだ。

俺の作った軽い解毒作用のあるデトックスウォーター。利尿作用があるから少しずつ飲むようにすれば、翌朝の浮腫《むく》みも少なくなる。酒飲みには人気の水。実は薄荷《はっか》の葉とレモン果汁とオレンジ果汁と利尿作用のある薬草を少しだけ入れた水なのだが、それを巨大な樽で用意しろとリュティカラに言われたほど。

エルフも産後の体形を気にするのね、なんて思ってしまったのは秘密。

パオネの隔離部屋という名の巻貝の館周辺は、学校の校庭くらいの広さがある。

しかも、真っ白な珊瑚砂が敷き詰められていて、粒子の細かい珊瑚砂は片栗粉のような感触で肌触りが心地よい。太陽の光に照らされて熱くなるのではと思ったが、不思議と生温かいままの温度を保っている。素足で歩くのが気持ち良いのだ。俺も失礼してブーツを脱いだ。

まずはパオネに杖をつかずに歩けるよう筋肉をつける計画なので、ゆっくりと歩いてもらっている最中。

歩くパオネの傍にはルカルゥとザバとスッスが付いている。

中庭の周辺には等間隔に僧兵たちが警護をしているのだが、皆ハラハラとした顔でパオネを見守っているのが印象的だ。

倒れてしまわないか、転んでしまわないか、不安でたまらないのだろう。

しかしパオネはなるべく一人で歩きたいと頑張っている。

スッスが傍に付いているのは、転んだとしてもスッスの筋力ならパオネを支えられるからだ。

昨日会ったばかりの地上から来た冒険者の言葉を全面的に信用してしまうのはどうでしょう、なんてルカルゥに聞いたらば、ルカルゥはザバを介して「タケル様は嘘をつきませんですこと！　全てパオネ様を案じてのお言葉であることは十二分に承知しておりますです！　事実、ぽよぽよルカルゥはぷにぷにルカルゥになれましたですことです！」と、力強く言われてしまって。

ぽよぽよルカルゥのほっぺたが、ぷにぷにほっぺたになりましたと言いたいのだろうが、ルカルゥの子供特有のふんわりほっぺは痩せてもあまり変化はありませんよ。

神の子たるルカルゥの声の代弁者であるザバが鼻息荒く言うものだから、僧兵たちやパオネの境遇を案じていた白装束たちはパオネのダイエット計画に協力してくれるようになった。

いやもうちょっと疑いなさいよと思う。

コポルタ族といい、アルナブ族といい、初対面でウェルカムするのは危険なんだからと言っても聞かない。

何故なら僧兵たちの中には鑑定眼《アバルス・アイ》を持つ者がいて、ファドラもその一人だった。

鑑定相手に敵意があるか、悪意があるか、嘘をついているか、自らにとって危険な存在ならば鑑定相手が赤い膜を纏っているように見え、無害ならば青と鑑定される。

俺は真っ青だったらしい。

お腹は真っ黒なんだけどね。

だってパオネにはこれからも神殿内の指導者として君臨してほしいし、そんなパオネの庇護下でルカルゥは意地悪をされることなく生活してほしい。そして影響力のあるパオネが野菜美味しいと言ってくれたらマティアシュ領との交易が増え、もしかしたら他の領——トルミ村のあるルセウヴァッハ領との交易も考えてくれるかもしれない。交易が始まれば珊瑚や海藻や巻貝の家とか、そういう地上にないものも取引材料にしてくれるかもしれないじゃないか。

そう。

全ては己の利益のため。

あの噴水の周りに生えている昆布をちぎって出汁取ってみたい。

俺はパオネのウォーキングを見守る傍《かたわ》ら、中庭の景観を損なわない程度の海藻類を採取中。

中庭を取り囲む珊瑚の森は目線より下の高さに揃えられていて、小高い山の上にある神殿からは白い雲海が三百六十度広がる。

空飛ぶ島は平行にすっと移動しているらしく、船に乗った時のような揺らぎを一切感じない。見事な雲海を眺め、そういえばこの島は空を飛んでいるのだったと改めて気づくほど。

これも魔法の力なのだろうか。もしかしたら君を乗せて空飛んじゃう系の魔石の力かもしれないな。

クレイとブロライトの戦闘狂コンビは、幾人かの僧兵たちとお肉狩りに出かけている。

なんとこの島にもモンスターは生息していて、背の高い珊瑚の森の奥に行くにつれて獰猛なモンスターが蔓延っているのだとか。モンスターが発生するのは地上も空飛ぶ島も変わらないんだな。

食用肉としているモンスターは僧兵たちが熟知しているので、それを狩るための手伝いに行っているのだ。

未知の地で食う未知の食材。俺たちがこれに魅《ひ》かれないわけがない。

「はあぁ、はあ、はあ、少しだけ、お休みを、いただきたいのこと、で」

パオネが中庭をようやっと一周したところで休憩。

「無理はしちゃいけないっす。兄貴、浮遊座椅子出してもいいっすか？」

ウネウネと蠢く真っ青のイソギンチャクを真剣な顔で調査《スキャン》していた俺にスッスが問う。

俺はサムズアップして了解。大型獣人用の浮遊座椅子の試作品がスッスの巾着袋の中に入っていたはず。あれならパオネもゆっくりと腰かけられるだろう。

スッスは基本的に誰に対しても紳士で甲斐甲斐《かいがい》しい。面倒見がとても良く、誰もがスッスの優しさの虜になる。

まず顔が人畜無害の優しい顔だからな。身長も相手を威圧させない高さで、だけど力持ちで素早い動きが得意。

これで炊事洗濯も完璧にできてしまうのだ。貴族の屋敷でも侍従、もしくは執事、王宮で働くこともできる腕前。

パオネは完全にスッスを信頼し、スッスが取り出した空飛ぶ座椅子に腰かけている。その座り心地に驚き喜んでいるパオネの姿が微笑ましい。

ちなみに俺の目の前のイソギンチャク、食用可能って出たんだけどどうしよう。

味はないんだけど食感が良く、コリコリとした歯ごたえ。ほうほう、なるほど。

「ピュ？」

「これ食えるって。サラダに入れたら美味いと思うし、味付け次第で酒の肴《さかな》になっちゃう」

「ピュイ！」

この島は素材の宝庫だった。

そこらへんの珊瑚を調査《スキャン》すれば、建材はもちろん、装飾品、宝石の代用にもなり、乾燥させて粉末状にすれば染色にも使える。他の素材との相性次第では薬にもなる。

この神殿には白い珊瑚が多いのだが、時々見かけるカラフルな珊瑚を含めて全てが同じ種であり、等しく全てに価値があった。

アルツェリオ王国では真珠が貴重な宝石として扱われているから、珊瑚も加工次第で素晴らしいアクセサリーに化けるのではないだろうか。なんせ色がとても綺麗だ。

『タケルさま、何か珍しいものがあるのですか？』

灰色衣装の双子の一人、銀髪のキノコ頭をした兄のモフィが俺の右隣にしゃがみ込んできた。

『この青いイソギンチャク……ボッシュ・アスルっていう生き物だけどね？　食べられるんだ』

『えっ！　それはただの雑草ですよ？』

『えっ？　雑草なの？　違うよ、雑草じゃないよ生き物だよ？』

『ええっ！』

『知らなかったの？』

モフィは目をまるまると開き、腰を抜かさんばかりに驚いている。

俺の傍で警備をしていた僧兵も驚きのあまり声が出そうになっていた。

「ピュピューピュ、ピュイピュッ？」

『え？　え？　ビーさまはなんとおっしゃっているのですか？』

俺の左隣にしゃがみ込んできたのは、双子の妹のモーラス。

二人は同じおかっぱ頭で同じ翼の色で同じ衣装を着ているから、正直見分けがつきにくい。

だがしかし、トルミ村では子供用移動式ジャングルジムとして有名なこの俺。双子だろうが三つ子だろうが、どれだけそっくりでも見分けてしまうのだ。なんとなくなんだけども。

『ここにある海藻のことは草って呼んでいるの？　って聞いているよ』

『そうだよ。だって草でしょう？』

『モフィ君、俺はこれをイソギンチャクと呼んでいるよ』

このイソギンチャクにしか見えない真っ青なウネウネをイソギンチャクと呼ぶのは俺だけだが、ウネウネと触手を蠢かしながら僅かに、ほーんの数ミリ程度横移動しているのだ。

俺はビーと共に図書館などで百科事典を読むのを趣味にしている。

ビーにより広い世界を知ってもらいたくて、俺もマデウスのことを知りたくて、知識だけは豊富にあるのだ。雑学ともいうけど。

マデウスの海にもイソギンチャクは存在している。呼び名こそ違うが、生態は地球のそれと変わりない。ただ異常に大きかったり色が派手だったりするものが多いらしい。

今はマデウスの海にランクの高いモンスターが蔓延っているので、呑気に海水浴などはできないが。そもそも海で泳いだり素潜りしたりする文化もない。

そのうち海中にも行ってみたいんだよな。結界を張った状態で海に入れないかな。常に新鮮な酸素を吐き出す魔道具を作れば、長時間でも海中散歩ができるようになるはず。

ダヌシェでそういった観光事業やらないかな。俺が魔道具作るから、海中散歩三十分で五百レイブ。決まった場所にだけ行けるようにして、皆でクラーケンの幼体狩りでもしたら宜しいんじゃないかしら。クラーケンの幼体はスルメ工場で買い取らせてもらいましょう。

「ふひ」

「ピュ」

「ごめん」

クレイに止められている俺の悪癖が出そうになり、ビーに「ダメ」と忠告されてしまう。ここであの笑い方をしたら不気味がられてしまう。

『地上の草はね、こういうの』

清潔魔法で土を飛ばした月夜草《つくよぐさ》を取り出す。

花粉も落としてあるから、アレルギー症状は出ないと思う。

双子と俺の背後にいた僧兵二人が俺の手元を覗き込む。

『タケルさま、これはなあに？』

モーラスが目を輝かせながら聞く。

『月夜草っていう花だよ。薬になるんだ』

『ヘム草に似ているけど、こっちのほうが綺麗だ』

モフィも頷いて興奮しながら俺のローブを掴む。ヘム草って何かな。

『ニョホルンルンにも似ておりますが、いやはやこれが花ですか』

『花は穢れが多いから輸入を禁じております。これは我らにとっての禁制品となるのですが……何故禁制品とされたのでしょう。こんなに美しいのに』

僧兵コンビも俺の傍でしゃがみ込んでしまった。ニョホルンルンて何。

コンビの一人、ヒヨコ羽根の青年は僧兵レ・ナーガの副隊長アクシア。ファドラの腹心であり、レ・ナーガたちの中でも人望の厚い人物だ。翼の色は黄色と緑色のグラデーションが綺麗なセキセイインコっぽい。

アクシアの隣で難しい顔をして月夜草を眺めているのは、同じ僧兵レ・ナーガのレビン。ファドラと同じ鳥の顔をしているが、ファドラが猛禽類の鷹《たか》ならば、レビンは雀《すずめ》っぽい。翼も雀に似た色をしているので、ちょっと癒される見た目だ。

この二人はパオネの護衛兵なのだが、今は俺たちの護衛と称した見張り中。

『地上の植物の多くを禁制品としているのには理由があるんだ』

俺が珊瑚砂の上に胡坐《あぐら》をかいてしまうと、双子は俺の前で体育座り。可愛い。

僧兵二人も胡坐をかいて座り込んでしまった。

『有翼人には特有のアレルギー……ええっと、過敏症があってだね』

それは花粉だったり、特定の木の粉末だったり、土だったり。

有翼人は地上に生えている植物のほとんどにアレルギーを持っている。症状はルカルゥのように
クシャミや鼻水が止まらなくなったり、エステヴァン子爵のように咳が止まらなくなったりと様々。

理由はわからないが、孤立して空を飛んでいた島に住む種の特性としか言えない。

逆に、地上に住む我々にアレルギー症状を持つ者は一人もいない。俺が出会っていないだけだが、
知り合いの治癒術士や医師に何かの理由でくしゃみが止まらなくなる症状ってある？　と聞いたら
ば、揃って胡椒《こしょう》などの香辛料だと答えたのだ。いやそうじゃなくてだね。

『でも地上からの交易品に近寄れる人は限られているんだろう？』

『ぼくたち神殿に仕える者は港に行くことはありません』

『そういった品は、パジェイリーア家が取り扱っているの』

ぱじぇい……

またあの白装束筆頭か。

『地上の食べ物は口にできません。その、穢れが酷いからと』

ヒヨコのアクシアが申し訳なさそうに言うが、俺に申し訳なく思う必要はない。

地上は穢れているという有翼人たちの思い込みによる文化、風習に過ぎないのだから。

『それじゃあマティアシュとは何故交易を続けていたんだ？　野菜や果物も届けているってエステヴァン子爵は仰っていたのに』

白装束や僧兵たちが穢れを気にして地上のものを食べないという理由はわかる。だがしかし、それなら何故マティアシュ領と交易しているのさ。

エステヴァン子爵は新鮮野菜や果物だけでなく、調理したものも送っていたと。調理方法が書かれた本を送ったこともある。職人に造らせた自慢の硝子《がらす》細工を送ったこともあるのよ、なんて喜んでいた。

うーん？

『交易品は全てパジェ家が？』

『パジェイリーア家です。代々純白の翼を生まれながらに持つ由緒《ゆいしょ》正しい家です』

これだけ広くて大きな島なのに、交易品を扱う家がたった一つ？

それじゃ独占しているのと同じじゃないか。

「あ」

「ピュ？」

「嫌なこと考えちゃった」

「ピュウ……」

ビーに呆れられるのも無理はない。

俺は可能性をたくさん考え、何よりも真っ先に悪い可能性を考えるのが得意だ。

俺が知っている雑学知識の中で、白染めという言葉がありましてだね。

あれはどこの領の名産品だったか……胡蝶蘭《こちょうらん》に似ているヴァイセルンという派手な花がある。

貴族に好まれそうな花なのだが、採取に少々問題がある。薄暗い森の中で自生する仄かにきらめく純白の花なのだが、これが超巨大な花なのだ。

見た目は胡蝶蘭なのだが、大きさはラフレシア。しかしとても柔らかい甘みを持った匂いのヴァイセルン。

この花、染料として使えるのだ。

何でもかんでも真珠のような艶《つや》めきのある純白に染めることができるため、貴族御用達の服飾士や染織工房では必須と言われているほど人気。

素材採取家にとっては面倒な採取依頼だったため、俺はあまり受注していない。

トルミ村とベルカイムを拠点としている俺としては、マティアシュ領のような遠く離れた場所での依頼は受注しないことにしている。その地にしばらく滞在する時は必ず受注するけども。

ヴァイセルンは育ち切ったものしか使用できず、しかも花は一夜で散ってしまう。月下美人のような儚《はかな》い花なのだ。

そんなわけで採取家には不人気な花であり、ギルドに依頼を出してもほとんど受注されず。俺も夜は寝たい派なので花のために起きているのは辛いです。

そんな紆余曲折《うよきょくせつ》と貴族たちの熱望があり、どこかの領ではヴァイセルンの量産に成功。花摘み要員が一晩中見張っているとかなんとか。

ヴァイセルンの白染めはアルツェリオ王国では有名。

一部の高位貴族しか手に入らない純白の布は、花嫁衣装に使われることが多い。

そして、白染めは木製品にも使える。陶器にも使える。化粧品にも使われている。建材としても使える。

舞台役者がかぶるカツラを白く染めることもあると教えてくれたのはベルミナント。ベルミナントの娘であるティアリス嬢が、グランツ卿に白染めのリボンをいただいたの、と喜んでいたのだと教えてもらったのだ。

「白染めはカツラにも使える。ということは、髪の毛も真っ白に染まるってことだろう？　だったら……」

「ピューィ？」

翼も真っ白に染められるんじゃないだろうかあ。

やだ。

俺のうなじがゾワゾワってした。

マティアシュ領は降りた有翼人の末裔《まつえい》によって作られた町が元になっている。地に降りることを許されたから、キヴォトス・デルブロン王国には恩義があり、だからエステヴァン家は秘密裏に交易を続けていた。

離れてしまった故郷にせめてもの支援をと。

「あああ……あああ～～～あああああ」

突然頭を抱えて呻きだした俺に、双子は心配そうに俺のローブを引っ張る。アクシアとレビンも『頭が痛むのか？』なんて心配してくれるし、浮遊座椅子で休憩中だったパオネとスッスも慌てて駆け寄って来た。

ルカルゥはパオネが休んでいた場所で立ったまま。ザバは襟巻形態を解かない。

ルカルゥが少しだけ寂しそうに思えたのは俺の見間違いだろうか。

果てしなく広がる雲海に囲まれた神秘なる神殿の中庭で、スッスの腹が盛大に鳴り響いた。

10　皆との食事がこんなに楽しいだなんて、知らなかったわ

俺は、どこでも飯を作る運命なのだろうか。

いやいいんだけどね。良いんですよ。

今回はひもじく飢えた種族ではなく、興味があるから食べてみたいと言った希望者だけに作るつもり。

神殿に仕える人の中には、地上は穢れまみれでばっちいと思い込む人が多いので、そういった方々に無理強いはしないよう気をつける。ただ、調理するのが中庭なので匂いが遠慮なく神殿内を巡りまくるでしょうけどね。

スッスの腹が鳴ったのを合図に、俺は薄暗い考えを払拭した。

もしもを延々と考え続けても意味はない。

俺一人でどうこうできる問題ではなくなり、これは仲間に絶対に相談しなければならない案件だ。嫌がられるだろうなあ。まーた厄介事だもの。槍のことも言わなければならないが、それよりも厄介なことを思いついてしまった俺のせいではある。

できれば巫女パオネと、僧兵隊長ファドラにも相談させていただきたい。

マティアシュ領の交易品を独占していたパジェイリーア家が、もしも白染めを翼に使っていたとしたら大問題だよな。

翼の色を変えてしまえば、白装束になれる。そして、パジェイは白装束の筆頭であり、由緒あるパジェイリーアの生まれだ。

いやこれ全部俺の妄想であり、想像であり、最悪な可能性を考えちゃった結果なわけであり、だけど俺の勘ってよく当たるんだあ。

午前中懸命に神殿の御勤めを果たし、中庭を一周して身体を動かしまくったパオネには特別食。

野菜メインの料理ではあるが、今回はさっきクレイが狩ってきたでっかい鳥を煮込ませてもらう。

血抜き済みの解体済みな新鮮肉。

有翼人たちにアレルギーが出ないよう、地上の食材は全て清潔魔法。

俺たちの作る食事を試してみたいと挙手した人には、アレルギー調査だけさせてもらった。何に対してアレルギーを持っているかわからないからな。

健康的に痩せるためには規則正しい生活とバランスの取れた食事。

とは言うけども、ガチガチにそれだけしかやっちゃいけない、ってことはない。辛いとかつまらないとか飽きた、という理由で中途半端にやめてしまうのがいけないのだ。

俺も前世で健康診断に引っかかり、肝臓と腎臓を守りつつビール腹を引っ込めるため健康的に痩せる方法をいろいろと調べたものだ。

大皿に色とりどりの野菜を並べ、下味をつけた鳥ささみ肉と各種豆を刻んだドレッシング。これを食べきるだけでもかなりのボリュームがあるのだが、スッス特製の肉汁うどんと小鉢に数種類の漬物。デザートは果物を交ぜたヨーグルト。

これでも腹が満たされない場合は、ひたすらごぼうチップを食べていただく。

ごぼうチップはスライスしたごぼうに塩コショウして炒めたものなのだが、これがとても美味い。食物繊維が豊富。魔素もそこそこに含まれているので、魔力回復にも役立つ。

ごぼうは米よりもカロリーが低いので、小腹が空いた時にごぼうの漬物など食べてもらう。ごぼう茶もあるよ。

中庭に巨大な食卓を用意してもらい、参加人数分の椅子も貸してもらった。

パオネを上座にし、ルカルゥ、ファドラ、アクシア、レビンと席に着いてもらう。

双子のモフィとモーラスも食べてみたいと参加。他にもパオネを慕う白装束が数名着席している。

大皿からそれぞれ取り分けるスタイルに慣れていない面々のために、俺が配膳に回る。クレイとブロライトはスッスが調理する傍ら、つまみ食い。

双子以外にも様々な色の装束を身に纏った信徒たちが手伝ってくれたので、地上の食材で作られた昼食会は賑やかに行われた。

幸いなことに食物アレルギーを持つ有翼人は一人もいなかった。

『んんっ？　美味しい！　面白い食感！』

『これが地上の草なの？　綺麗ね』

『草に何かタレがかけてあるんだ。それで味がついているのか』

『これが美味いな。ポーポードードだとは思えん』

わいわいと楽しそうに食事を続けてくれている面々に安心し、俺たちは俺たちで机を用意。スッスを待ってから食事を開始。

基本的にパオネたちと同じメニューではあるが、低カロリーの食事だとクレイとブロライトの力が保たないというか腹の虫が盛大に文句を言いだすので、黒豚の串焼きがメイン。香辛料たっぷり。クレイたちと狩りをしていた僧兵たちも俺たちの席に着かせ、同じ高カロリーの食事を振る舞った。

スッス特製の肉汁うどんはここでも大好評。肉は各種豆をすりつぶして疑似肉団子にしている。野菜もゴロゴロと入れてコトコト煮込んでいるから栄養がたっぷり。

パオネは上品にうどんを口に運んでは美味しいと涙を流し、気持ちはわかりますと興奮したザバに言われ、ルカルゥは大きな口を開けて笑っていた。

聖職者は穢れのない食事を口にしなければならないと言われ続け、パオネは幼い頃より砂糖まみれの蜜まみれの極甘料理を日々食べさせられていた。

幼少時から極甘焼き菓子を毎日食べていたら、そりゃ見事に肥えるよな。しかも、それが正しいことだと信じていたなら尚更。嫌でも食べなくてはならない、穢れを払うためには……という気持ちになってしまうだろう。

ルカルゥも強制的に食べさせられることがあり、ザバが懸命にわめいて阻止していたらしい。それでも阻止できなかった時は無理やり食べさせられていた。それ故にルカルゥはナントカロンロンという食べ物だけが唯一嫌いになったそうだ。

島での砂糖は砂糖珊瑚という甘い珊瑚を加工して作られている。なにそれ気になる。同じく蜜は蜂蜜のような味がする蜜を滴《したた》らせる海藻から採取されているとか。海藻から蜂蜜採れるの？　どういうことなの。

ルカルゥはザバを通じて料理の説明をしている。

「こちらは蒸し鶏サラダと申します。薄い緑の葉っぱはレタス、濃い緑の葉っぱはルッコラ、赤と黄色の細い奴はパプリカでございますこと。緑のふさふさはブロッコリーで、白いふさふさはカリフラワーでございますことで」

ルカルゥとザバは本来の野菜の名前ではない、俺が地球の野菜に似ているからそう呼んでいた野菜の名前で覚えたな。レタスはシェシャーナラッバとかいう長い名前だから呼びにくいんだよ。

コタロとモモタも俺が呼んでいる野菜の名前で覚えていたっけ。人参とか大根とか。

ごぼうだって本来はエラエルム・ランドという立派な名前を持つ。

トルミ村の外では通じない野菜の名前だけど、特に珍しい野菜を育てているわけでもないし、色や形で説明すれば通じるよな。

「このタレはチョイト豆という植物から作られておりますですこと。ルカルゥは地上に落ちてから、日々このような優しい味の料理をいただいておりましたですことで」

ザバは料理の説明を誇らしげにしている。

食卓で料理を楽しんでいる有翼人たちはザバの説明に聞き入り、説明されては料理を口に運び、その味を楽しんでいるようだ。

『皆との食事がこんなに楽しいだなんて、知らなかったわ』

パオネは上品に食べながら涙を流し、楽しそうに笑って、そしてまた涙を流し。

皆に心配されながら蒸し鶏のサラダをゆっくりゆっくりと咀嚼していた。

＋　＋　＋　＋　＋

「クレイ、ブロライト、あとで相談したいことがあります」

そろそろ食事が終わる頃。

俺は小声で二人に言った。スッスは率先して食器を片付けてくれている。

ヘラッと笑ったのがいけなかったのか、クレイとブロライトは揃って嫌そうに顔を顰《しか》めた。クレイの頭の上で浮遊しているハムズたちは、相変わらずぼんやり光っていて癒される。

「その顔何。ちょっと相談したいことがあるから聞いてほしいだけなんだけど」

二人ともそれぞれ顔を見合わせ、盛大に息を吐き出す。

クレイは胸の前で腕を組み、俺をぎろりと睨んだ。

「お前の相談なぞ、嫌な予感以外せぬわ。またなんぞ有翼人の深淵《しんえん》でも覗いたか？　お前の勘は嫌なものほどよく当たるのだと自覚せい」

「わたしはまた狩りに出かけたいのじゃ。島には生《い》け簀《す》があると聞いたぞ？　魚や貝を養殖しておるのじゃ」

なにそれ俺も行きたい。

「ちょーーっとだけ気づいたことがあるんだけどね」

「……それはこの国を揺るがすことなのだろう？」

「えっ、何でわかるの？　あのですね、伝統あるおうちが一つ、つぶれる可能性はあります」

「お前は……！　ええい、また厄介事に気づきおって！」

「気づいたからには黙っているわけにはいかないでしょうが。情報共有とホウレンソウは大切ですよ」

「煩《うるさ》い！　嗚呼、今更ながらトルメトロの気持ちがわかるようだ。とても面倒な厄介事を持ち込まれて困り果てるという気持ちがな！」

アルツェリオ王国竜騎士団長の気持ちなんぞ知らんがな。クレイの怒気でハムズたちがクレイの後頭部に隠れちゃったじゃないか。クレイの角部分で淡く光っているハムズたちを癒しに思いながら俺は有翼人たちを不安にさせないよう、笑顔で話を続ける。

「さっきの意地悪い白装束が関係しているんだけどさ」

「そうやって強引に聞かせようとするな！」

「いやいやまあまあ、お聞きなさいな。マティアシュとの交易を一手に引き受けているパジェイリーア家という由緒あるお家があるらしくって、さっきの白装束がそのお家の人。その家が交易品を独占しているんだよー」

「それが如何した。交易品を管理している家というだけであろう」

「あのさ、白染めって知ってる？」

「話が飛ぶではないか」

「まあまあ、お聞きなさいよ」

逃げようとするクレイの肩をがっちりと掴み、俺は笑みを深くする。

俺一人で考えて、妄想して、ぶち当たった嫌な予感。

それは仲間に共有しないとね。一人で抱え込める問題じゃないから、荷物は皆で仲良く持ってもらおう。

貴族社会の内情に詳しいクレイが白染めを知らないわけがない。

クレイはしばらく黙り込むと、目を瞑り、そして。

「……花嫁の装束を染めるのに使う技法であるが」

ぽつりと呟くと、眉間の皺を深くさせた。

「その白染めが何かに使われていると？」

おっと。クレイも想像力が豊かだぞ。

白染めの一言で何か思いついたようだ。きっと、俺と同じこと考えている。一つ言って十を想像できる人はとてもありがたい。

「翼の色が白ければ白いほど、白装束たちの中では優位に立てるんだって」

何が、とは言わなかった。

ブロライトも目を瞑って首をぐりぐりと回しながら沈黙。

「由緒正しい家らしいけども、その正しさは何によって続けられてきたのかと考えたらさ、もっと嫌なこと考えついて」

クレイとブロライトは目を開いて俺を見る。

「四枚の真っ白な翼を持つ巫女って、そういう家にとっては邪魔じゃない？」

面倒事・厄介事・陰謀・その他もろもろと経験してきた俺たちだ。

俺のサスペンスドラマ好き本能が言うんだよ。

島の新たなる王になりたがっている一族がいるとしたら。

邪魔なものを排除しようと動くのではないか。

気づいてしまったなら黙っているわけにはいかないよな。事実、パオネは肥満症を患い、あと一歩のところで心筋梗塞や脳卒中といった病気を発症しそうになっていたのだから。

パオネが倒れればあの白装束、パジェイが巫女の代理として権力を振るうのだろう？

有翼人の王として君臨したい理由は知ったことではないが、どの世界にも己が至高の存在だと勘違いする輩は存在するわけで。

俺たちは知り合ってしまった。

同じ釜の飯を食ってしまった。

名前を呼び合い、楽しい時を過ごしてしまった。

これで俺たちは関係ない、それではサヨウナラとはなれない。

俺たちの家族同然のルカルゥとザバが慕う相手が殺されそうになったのだから、どうにかしたいと考えるのは健全なことだよな？

俺のこの「最悪の可能性を考える」癖は前世からのことだから疑いたくないのだが、「青年」がチョイチョイッと何かしでかしている予感はする。

これもまた試練だのなんだの理由を付けて面白おかしく見学しているのかもしれない。

それでも俺は選択をした。

ルカルゥとザバをこれ以上悲しませたくないと。

可能性の一つを提示した俺は、クレイとブロライトの反応を待つ。

二人とも真剣な顔をし、視線だけパオネへと向けた。パオネの隣の席で笑うルカルゥのことも。

「今は可能性に過ぎぬ。我らはこの島では身動きが取れぬ身であることを忘れるな」

「クレイストン、裏を探らせるのならばリルウェ・ハイズの力を借りれば良いのじゃ。タケルもそのつもりなのじゃろう？」

慎重派のクレイに対し、ブロライトは面白そうにスッスに視線を移す。

スッスは俺たちの話を聞いていたのだろう。「内緒話」の技能《スキル》を使ってこちらを見ずに片手でサムズアップ。なにそれかっこいい。

食器の片付けが済んだらスッスは先にリステイマーヤの館へ戻ってもらう。不在なのを疑問に思われたら、しばらく風邪にでもなったことにしてもらって言い訳しよう。

「パオネさんとファドラさんには結果だけを報告しよう。地上から来た俺たちを信じるも信じないも、選ぶのは彼らだ」

きっとパオネは俺たちを信じるだろう。

ルカルゥとザバが信じる俺たちを。

ファドラはどうかな。

いやでもな、ブロライトの話を聞いてめちゃくちゃ動揺していたからな。

伝統を重んじる、外部の者に耳を貸す必要はないと思うなら、あの場であんな辛そうな顔はしないだろう。

ファドラも俺たちの声を聞いてくれることを信じて。

全ての調理器具が片付いたなと思ったら、スッスの姿はどこにもなかった。

11　翼の色

「マグロ！」

俺は叫んだ。

深い深い生け簀の中で悠々と泳ぐ巨大な魚影を見、嬉々として叫んだ。

マグロだけではない。アジや鯛《たい》にヒラメ、サンマも泳いでいる！　季節感どうなってんの？　これって海水？　海水をどこから引っ張ってきているの？　それよりタコが泳いでるぅー！　やだー！　たこ焼き食べられちゃうー！

パオネの歩け歩け運動の傍ら、俺たちは島を案内してもらった。

スッスは病欠ということにしたらば、お見舞いがしたいと言われてしまったが、食って飲んで寝ていれば治るからと言ってお見舞いを断った。

島に滞在するようになってから既に五日。

俺たち蒼黒の団は島民にも受け入れてもらえた。

神殿の外には民家が並び、初めこそクレイとかクレイの見た目に怖がっていたが、何故か子供には慕われるクレイのオーラを嗅ぎ取った子供たちが、クレイを移動ジャングルジムにして遊び始めた。

なんせハムズを背負っているからな。あの頭虫を頭に生息させたままでいるクレイは、見た目は恐ろしいが心根は優しいのだろう、鬱陶しい頭虫を払わないのだから、という有翼人たちの見解らしい。

クレイも子供に取りつかれるのは慣れているので、子供が喜ぶよう高い高いなどをしていたら、大人たちも近寄ってきてくれた。

そうして連日俺たちが島のあちこちを見学していると、島民があちこちから出てきて挨拶をしてくれるようになったのだ。

大きくて広い島だが、住んでいる有翼人はそれほど多くないようだ。

全員を数えたわけではないけど、探査《サーチ》でちょろっと調べました。エルフの郷のエルフたちよりは多くて、北の大陸に住むユグル族たちよりかは少ないかな。

だが、有翼人はこの島にいるのみ。実は地上で隠れ住んでいるということはない。

地上に降りたのはリステイマーヤの一族だけ。

ルカルゥも俺たちについて島の案内をしてもらっている。

パオネの鶴の一声により、ルカルゥは神殿の外に出ても良いことになった。

おかげで島民たちに拝まれてしまったりするが、それも三日もすれば慣れてしまった。

ルカルゥ自身が拝まれたり祈られたりすることに何の反応も示さないので、過剰に反応する島民も少なくなった。

パオネのダイエット料理は調理方法を記した紙をスッスが用意していたので、俺が食材を提供して調理方法を伝授。と言っても、野菜ちぎって鶏肉蒸すか湯通しすれば良いし、ドレッシングは樽で何種類か提供済み。

うっすら魔素を含むごぼうも提供し、煮たり焼いたり漬けたり揚げたりといった調理をしてみせた。

神殿の調理担当者たちは皆二色の翼の持ち主で、青色だったり桃色だったりと様々な色を纏った装束を着ていた。

地上と違って清潔の大切さを知っていたので、皆頭と翼に薄手のローブのようなものをかぶっていた。顔は隠していないが、鼻と口を覆うマスクをしていたのには驚いた。衛生観念は有翼人のほうが素晴らしい。

実は衛生的なことではなく、穢れがどうのって言われた時は残念だったけど。

俺が一度調理してみせると、彼らは忠実に再現してくれる。ものすごく優秀。

地上からの食材は念を入れて食材庫に清潔魔石を取り付けさせてもらった。魔素吸収性能付きの魔石なので、半永久的に起動するだろう。

ここでもマティアシュ領からの交易品の話は聞かなかった。地上の食材は初めて見たと言う人ばかり。

「マグロとはなんじゃ？」

「魚の名前。あの大きいのがそう。あっちの細いのがサンマ。赤っぽいのが鯛」

「ほうほう」

「どれも、すこぶる美味い」

「なんじゃと……」

「ピュィー……」

生け簀の淵に座り込んで魚の説明をしていると、浮遊座椅子に座ったパオネが笑った。

「うふふふ、珍しい魚でもおりましたですこと？」

スッスが貸した浮遊座椅子はパオネにあげることにした。

まだまだ長距離が歩けないパオネのために、無理をせず移動できるように。

巫女は早朝から聖堂で神に祝詞《のりと》を唱えなければならないのだが、未だあの巻貝の館で生活を続けているパオネにとって聖堂までは長距離だったのだ。それに神殿内は恐ろしく広いからな。杖をついて歩くにはしんどいだろう。

巻貝の館で生活を続けている理由は、いろいろあったけどなんやかんやと近くにものが置けて便利、だからだそうだ。

かといって浮遊座椅子に依存するのは宜しくない。そのため、動力源である魔石に細工をし、半日だけ使えるようにしたのだ。

浮遊座椅子をもらったパオネは喜び、しかし日々のウォーキングはしっかりと励んでいるそうだ。真面目な性格をしている人こそ無理をしやすいので、完全に休む日も作ってもらった。高カロリーなものを動きもせず食べ続けたのが現状であるので、適度に歩いて適度に食べれば時間はかかるが確実に痩せていく。

焦りは禁物だ。

パオネが楽して痩せたがる人ではなくて良かった。本当に良かった。

「俺の故郷でよく食べられていた魚に似てましてね。あっ、ヒラメ？　ヒラメも泳いでる。あれは低カロリーな魚……ええと、パオネさん、あれ食うのも良いですよ！」

「タケル様は本当に調理師ではないのでございますこと？」

「俺は素材採取家です」

食に関しては誰よりもうるさいかもしれないが。

それにしてもこの巨大生け簀は宝の山だ。宝が泳いでいるぞ。

クレイはファドラに許可をもらって釣りをしている。泳いで採るのが得意なリザードマンというかドラゴニュートなのに、クレイはクレイの息子であるギンさんと同じく釣りを趣味にしたようだ。

なかなか海の傍や魚の泳ぐ川に行けないので、今日は大量に釣っていただきたい。

この生け簀で泳ぐ魚たちは、ファドラたち僧兵レ・ナーガたちが時折地上の海に降りて魔法で採るそうだ。

モンスターが出没しない海域を熟知しているので、様々な魚を得ることができるという。ちょっと海図とか描く気はないかな。

魚の採り方も教えてくれた。

魔法でビビッと痺れさせ、巨大な海水の玉を作ってその中に入れて持ち帰るそうだ。

雷系の魔法が使えるのかな。それとも麻痺魔法。どちらにしろ巨大な海水の玉を作る魔法を教えていただきたい。

地上の海に降りた有翼人が目撃されないのは、地上の人は海に出ることがないからだ。

東の大陸と西の大陸は比較的陸地が近くにあり、中央列島を挟んでなんとか船で交易ができている。

しかし、そういった地上の人たちがいるような海域は避け、北の大陸の北端で魚を採るようにしているらしい。

「ピューイ！　ピュピュピュピュ！」

ビーがカニがいるよと叫んでいるが、あれは海老《えび》だ。伊勢海老っぽいけど蛍光ピンク色。海老だよなきっと。

マデウスでのカニの生態は解明されていないまま。

そもそも観光バスのような大きさのカニの生態を調べる人はいない。調べたいと思うのは俺くらいだ。

地上にはたくさんの種類のカニが生息しているが、海ではどうだろう。やはり海中散歩はしなければなるまい……

『有翼人の皆さんは魔法が使えるんですか？』

俺が何気なく問うと、パオネは肯定とも否定とも取れるような微妙な首の振り方をした。

ブロライトとビーは生け簀で泳ぐ魚に夢中で、夢中になりながら二人とも生け簀の端っこまで行ってしまっている。クレイはハムズを取りつかせながら釣り中。大勢の見物人がクレイの釣りを眺めているのが印象的だ。

ということで、通訳する相手がいないので俺は有翼人の言葉で話しかけた。双子や僧兵たちにも会話の内容がわかるように。

『魔法を使えるのは翼に色を持つ者だけです。わたくしは、不得手《ふえて》です』

『翼に色……モフィとモーラスは使えるの？』

常にパオネの傍に控える双子に問うと、二人は同時に頷いた。

『ぼくは水を出したり、風を出したり、そのくらいです』

『わたしは火を起こせるけど、かまどに火をつけるくらいです』

生活魔法が少し使えるくらいの魔力ということは、トルミ村の住人とさほど変わらないか。

『ということは、魔法が使えない人もいるのかな』

優雅に泳ぐ鯖《さば》を真剣な顔で見ながら双子に問う。脂たっぷりに泳ぐ鯖《さば》。

『まったく使えないということはないけど、一色翼《いっしきよく》の方々は使いづらいって言います』

『クラルゾイドで魔力を補えば使えます』

一色翼とは翼の色が一色の人のことかな。神殿の外で生活している人たちのこと。

白装束たちも翼の色は一色じゃないかと思ったが、白は有翼人たちにとって神聖なる色であり、神に近い存在だから別格らしい。

クラルゾイドで魔力を補うのは地上と同じ。地上でも魔石を使った魔道具などを使うのが主流で、魔法が使えなくても差別されることはない。

『ファドラは魔力が強いのかな』

あれだけ鮮やかな極彩色の翼を持つのだ。ファドラの翼の色を数えたら、少なくとも七色以上はあった。

双子は俺の問いに頷くと、我先にと教えてくれた。

『ファドラ・ナーガはぼくたちの中でも一番強いです』

『レ・ナーガたちはみんな強いです』

『そうなのか。それなら、白装束を着ていたル・ナーガは？』

『ル・ナーガは魔法が苦手です』

ほほう？

魔法が使えないから白装束を纏えないということはないのか。白い翼は神に近い存在たる贔屓ってことか。贔屓という言い方は宜しくないが、贔屓としか思えない。

俺の睡眠魔法に逆らえたパジェイは魔法が使えるように思えたのだが、あれは魔力が強いだけで抗う魔法は知らなかったのだろうか。魔法が不得手というル・ナーガの割には上手に逆らってみせたけども。

『ぼくはレ・ナーガになりたかったけど、魔法はへたくそだから』

『わたしは畑仕事がしたかったけど、一色翼じゃないからダメって』

もじもじとしながら周りの大人たちに遠慮しつつ、双子は本来やりたかった職を呟いた。

生活魔法が使えれば、攻撃魔法や畑仕事に応用できる魔法は使えるはずだ。適切な訓練をすればの話だけど。

魔法を扱うには生まれながらの潜在魔力というものがあって、その大きさによって魔力の強さが決まる。

しかし、魔力が強くてもそれを外に出す感覚というか、顕現《けんげん》させるための想像力というか、制御する能力も必要になる。

そのため、魔法を上手に扱うには幼少期から訓練しないとならないのだ。大人になるにつれ魔法は扱いづらくなる。

一般人よりも冒険者のほうが魔法の扱いが得意な人が多い。それは、先輩冒険者に教えてもらったり、生活がかかっているため必死に学ぼうと努力したりするからだ。

俺の予想だけども、マデウスの人たちは種族関係なく皆魔法が使えるのだと思う。

だけど幼少期から魔法の訓練ができる環境で育たなければ、魔法の扱い方を学べず大人になり、自分は魔法を使えないという思い込みに繋がるのだろう。

魔石があるから生活するには困らないけどね。

無論、魔力の強さや感覚の鋭さ、そもそものセンスなんてのも関係してくる。

庶民は識字率がとても低い。それと同時に魔法を扱える者も少ない。

それは教えてもらう環境が備わっていないから。

学校に通えるのは貴族や裕福な家庭の子供たちのみ。

俺の価値観はいろいろと偏《かたよ》っているから標準的な考えとは言えないのだが、それでもやはりマデウスにおいて魔法の存在は欠かせない。

魔法の扱いに長《た》けた人が重宝《ちょうほう》されるのが世の常《つね》というか、アルツェリオ王国では王宮で仕えるには魔法を使えることが必須であり、魔法の学校や騎士を養成する学校でも魔法の扱い方は指導されている。

有翼人のトップはパオネさん。四枚の翼を持つけど魔法の扱いは下手。

続いて白装束と僧兵が並んで神殿に仕えているが、白装束は魔法の扱いが下手で、僧兵は攻撃魔法が使えちゃう。

なんというか、どうしてかな？　と思ってしまう。

白装束を纏う人だって魔法が使えたほうが良いのに。

『パオネさん、聞いてもいいかな』

座椅子から降りて歩こうとするパオネに声をかけると、パオネはモーラスから手渡された杖をついて微笑む。

『何をお答えいたしましょう』

『魔法の勉強とか訓練って、しないの？』

『魔法の勉強……？　昔はしていた時もあったと聞いております。ですが、神の傍に仕える者に魔法は必要がないと言われました』

『どなたにでしょう』

『……先代のパジェイ、です、ね』

パオネの視線がおよおよと泳いでいる。

俺に問われ改めて考え、何でそうなったのだろうと必死に考えているようだ。

よしよし。疑問に思ったことはとことん考えたほうが良いからな。それがどれだけ些細なことでも、違和感というのは捨て置いてはならぬのじゃ！　と、ブロライトも言っていたし。

そういえばと思い立ち、この際だからパオネに聞いてしまう。

『有翼人たちの法律ってあるの？』

『ほうりつ……古代キヴォルの掟のことでしょうか』

古代の掟かい。

『王様がいなくなった今も、王様がいた頃の掟を守っているの？』

パオネはつぶらな目を瞬《しばた》かせ、しばらく考えてから顔を顰《しか》めた。

『いいえ。掟は少しずつ変わりました』

『王様はどうしていなくなったんだろう』

『神の御許《みもと》へと向かわれたと』

『急に亡くなったってこと？　何方《どなた》が言ったのかな』

『記録によりますと、オルドナルです』

『オルドナルさんはパジェイリーアさんと何かご関係は？』

『もう数百年も前のことではございますが、パジェイリーア家の三代目当主でございます。オルドナルは王の側近でございました』

ほほう。

『翼の色で役職が決まるようになったのは、王様が神様のところへ行ったあと？』

パオネはうーんと首を傾げ、ふと閃《ひらめ》いて微笑んで頷いた。

『左様でございます！　タケル様は博識でございますね！』

いや喜んじゃ駄目でしょうよ。

国の根幹というか、本来なら外部の人間が知るはずもない情報を知っている俺を疑いなさいよ。ワタシたち知り合って数日の間柄ですよ？　数百年ぶりに空飛ぶ島に上陸した地上の人間ですよ？　知っているというか誘導尋問というか、お腹の黒い俺が得意とする話術技能《スキル》が発動してしまったら仕方ないのだけども。

この話術技能《スキル》って魅了とか洗脳とか、そういった類《たぐい》の魔法は入っていないだろうな。俺、無意識に相手の記憶操作とかしてない？　してないよな？　前世でサスペンスものや推理ものが好きだった経験則と言いますか、想像力が豊かだと言ってもらいたい。喋りたくなるお薬も使っていませんよ。

だとしたら巫女様、どんだけ無垢《むく》なのさ。

双子も俺と巫女との会話を穏やかに微笑みながら見守っているし、巫女を警護している僧兵たちもにこやかなまま。

いやいやいや、ちょっとは疑ってよこの地上人を。

もし今の会話の相手がグランツ卿なら、グランツ卿本人が「何故問う？」って微笑みながら静かに低い声で聞き返してくると思う。そして、グランツ卿を警護する騎士が俺のことを睨んで腰の剣に手を添えるのではないかな。

聞かれたくないことを聞かれた貴族の対応ってそんなもんでしょう。グランツ卿にそんな怖い質問をしたことはないし、怖い質問返しもされたことないけど。

今は玉座が空席だとはいえ、キヴォトス・デルブロン王国の繊細な部分にぺろっと触れてしまったというのに、パオネと僧兵たちは何も気づいていない。

パオネにとって俺の質問は単なる質問であって、会話の一つに過ぎないのだろう。興味があるだろうから問われた、だから答えた、程度のこと。

まずさ。

怪しさ満点だよな。

王様が神様の御許へ行ったという情報を伝えたのが、三代目パジェイリーア家当主。しかも王様の側近。

ここで俺がお腹を黒くして考えてしまうとだね。

パジェイリーア家三代目当主が王様殺してこの国を乗っ取った的な？　当主本人が手を出さなくても、協力しそうな家は他にもあるだろう。

いやいや、パジェイリーア家に事情があってこうなりました、そうしました、であるからして結果がこうなってだね、という内情を知らないから全て俺の憶測なのだけども。

翼の色で役職を決めるという掟に変えたのはパジェイリーア家。

純白の翼を誇るパジェイリーア家。

パジェイリーア家はマティアシュ領との交易を独占中。

もしも白染めの原料も交易品の中にあったとしたらだね。

うーん。

12　真っ黒けな真実

空飛ぶ島に来てから数十日。

この間のんびり島見物をしていたわけではない我々は、島見物も兼ねてだけど島民と交流を深め、畑仕事や生け簀の掃除などを手伝いパオネの健康的に痩せよう計画は順調に進んでいた。

バランスの取れた食生活と、規則正しい生活。頑張ろうとするパオネ自身の努力の末、中庭のウォーキングは三周できるまでになった。

校庭くらいの広さがある中庭を三周。杖をつきながらつまずかないよう気をつけ、時々休みつつも楽しそうに歩くパオネの姿は、神殿で働く人たちの癒しと化している。

俺とスッスが調理法を考えなくとも、神殿で働く調理担当の人たちが地上からの食材をうまく利用してくれた。

何よりパオネ自身がとてもやる気に満ち溢れていて、目を離すと一日のノルマ以上に動こうとするので止めるのが大変。

食べなければ痩せるという考えを捨ててもらい、きちんと三食栄養のあるものを食べてもらう約束をした。肥満症から拒食症に陥ったら怖いからだ。

短期間で急激に痩せる必要はない。

何よりも救われたのは、この島では痩せているとか太っているとかで美醜《びしゅう》を決めることがなかったのだ。

有翼人にとって何より誇りにしているのは翼の形や色。空を飛ぶ姿などに魅力を感じるのだとか。ぶっちゃけ顔は付いていれば良いんだって。

ゆっくりじっくりと、せめて杖をついて歩かなくても良くなるまでは俺たちも見守るつもりで島に滞在している。

それから俺たちは、借りていた島の端にある屋敷をいただくことになってしまった。

地下室にリステイマーヤの家紋が描かれた扉のある、あの屋敷だ。

あの屋敷はやはりリステイマーヤの一族が住んでいた屋敷だった。数百年も誰も住んでいなかったのだが、リステイマーヤを慕っていた人たちが時々屋敷の清掃を行うようにしていたらしい。だからそんなに荒れていなかったのか。

今は誰も使っていないし、屋敷は誰かが住まないと朽ちてしまうから是非滞在してくれと頼まれた。

伝統あるお屋敷をいただいて良いものかと最初は遠慮したのだが、それならばいつか戻りたいと思うリステイマーヤの子孫のために管理をしてくれと。

頼まれたんじゃ断れませんて。

そんなわけで地下のあの木の扉の部屋に転移門《ゲート》を設置。まずはトルミ村にいつでも行けるようにしておいた。それからベルカイムにも。

あちら側からこちらに来るのは禁止。一応、この島は外の国だし、許可もなくホイホイ入国させるわけにはいかないのでね。

「……真っ黒け」

「真っ黒というより漆黒であるな」

「闇に近いのじゃなかろうか」

「まさか地上に住むおいらたちが来るとは思わなかったんすね。隠そうとしていなかったっす」

「……ピュー」

俺たちは頭の上にハムズを揺らめかせ、相変わらず屋敷の玄関前に集合して円座中。

足の低い丸ちゃぶ台を取り出し、その上に散らばる書類と睨めっこ。

ハムズは基本的にクレイの頭の上で生息しているが、こうやって人が集うとクレイの頭から少しだけ離れて上下に浮遊する。クレイが席を立つと慌ててついて行くのを見るのが楽しい。

いろいろと、キヴォトス・デルブロン王国の色んな裏事情をあれこれそれやと知ってしまった俺たちは、さてこの爆弾をいつどうやってどのタイミングで投下するか考えていた。

「これは国の根幹を覆す情報だな」

クレイが怖い顔をしてスッスが記したパジェイリーア家の情報が書かれた紙を眺めながら息を吐く。

僅か二日で情報を揃えてくれたスッスによると、パジェイリーア家は俺の予想どおり真っ黒けなおうちでした。

どう真っ黒けかというと、島を一望できる神殿のすぐ傍の一等地にあるパジェイリーア家の巨大な屋敷には、マティアシュ領からの交易品である調度品が所狭しと飾られてあったのだ。屋敷の裏手は崖になっていて、その崖に空飛ぶ小舟が発着できるような桟橋が作られていた。そこから交易品を屋敷内に運び込んでいるのだろう。

マティアシュからの交易品や調度品は客人を招くような玄関や応接間には飾っておらず、主寝室や団欒《だんらん》室や趣味部屋にだけ飾られていたそうだ。部屋の数はグランツ卿の屋敷よりも多かったらしい。

——地下にある広い倉庫にも大量の調度品が隠されるように保存されていたっす。え？　倉庫に鍵？　無防備っすよね。鍵なんてなかった、ただの扉だったっす！

という爽やかな笑顔のスッスにより、倉庫に鍵はかけられていなかったことが判明。まさか屋敷に不法侵入する輩がいるとは想定していなかったのだろう。

倉庫の中に白染めのための白粉が樽で保存されていて、樽にだけは厳重な防御魔法がかけられていたらしい。

だがしかし、忍者スッスにそんな魔法は通用しない。

俺が密やかにリルウェ・ハイズに流していた魔道具の魔力を吸い取る装置をスッスも利用し、防御魔法を解除。ちなみにこの魔力を吸い取る装置はモンスターと戦う時にも使えます。ビー玉サイズで対象物に投げつけるだけ。一回こっきりの使い捨てだが、スッスには数百個預けている。好きな時に好きなだけリルウェ・ハイズに渡してほしいのでね。人に向けては使えないので取り扱い注意。

白染めの粉を発見してしまって、しかもそれだけが厳重に保管されていた。

屋敷の地下には白く染まった浴場と、掃除しきれなかった茶色や水色の羽根が落ちていたと。

つまり白装束のトップでいたいがために、代々パジェイリーア家の人たちは翼の色を白く染めていたということだ。

きっと自分たちの永遠の繁栄のために翼の色を純白に保っていたのだろう。

はーやっぱりそうだったのねー、なんて思いながら、スッスの差し出したパジェイリーア当主の書庫に保存されていた歴代当主が記述しただろう日記の一冊を開く。

日記は特殊な海藻から作られた紙らしく、地上の紙より凹凸《おうとつ》が目立ったが僅かに磯の香りがする綺麗な薄い青色の紙だった。時折赤や青の海藻が装飾されているのが面白い。

この紙売れると思うんだけどな、なんて考えながら日記を読み続ける。

三代目当主からキヴォトス・デルブロン王国は王を失い、その代わりにパジェイリーア家が執権となった。

当時の当主が白い翼を持っていたからか、白い翼の者たちを神殿仕えにさせ、「それ以外」を区別していったようだ。

神について書いてある。有翼人が崇める神は、数万年前にこの島が空を飛ぶようになってから現れた神らしい。

翼を持つ人たちの神なのだから、その姿は鳥かなと思ったら違った。

「ルージェルラルディア、って名前しか載っていない。姿を見た者はいないんだって」

「ルージェル……キヴォル語じゃな？　なんと読む」

ブロライトに問われ、俺は意識をして文章を読み続ける。

「これによると若くて新しい神のようだ。古代神とは違う。神っていうより精霊に近い存在……直訳すれば『空を統《す》べる王』、って読める」

「空を統べる王はプニさんではないんすか？」

「あの馬《ひと》はあくまでも古代馬だろう？　馬は飛べない個体のほうが多い。だから空を統べる王と呼ぶよりも、馬王じゃないかな」

そういえばそのプニさんの姿はまだ消えたままだ。

俺たちが港の小屋に停めてある馬車の中で数日間は寛いでいたらしいが、気がついたら姿が消えていた。

プニさんのために スッスが炙《あぶ》りマグロ丼を作ったのに。

またどこかで何かやらかしていないか不安。トルミ村に滞在中も数日間帰ってこないことがちょくちょくあったし、何をしていたのか聞いても沈黙を貫くし。

この島の神を嫌っていたから、直接対決なんてしていないだろうな。やめて。

そもそもプニさんがルージェルなんとか神を嫌う理由って、空を統べる王だからなのかな。いやまさか、そんな理由だけであんな怖い顔をして嫌うことはないだろう。

「ルージェルラルディアに似てる別の言葉もあるな。ルジェラディ・マスフトス……キヴォル語で神を裁く者って読めるんだけど、こっちの、百年後の記述には神の子って書いてある。ルカルゥがそれらしいんだけど、意味が全然違うよな」

俺たちは顔を見合わせ、同時に首を傾ける。

「神を裁く？　ルカルゥが？」

「神を裁いて如何するのじゃ。神は裁けるものなのか？」

「ルカルゥは魔法が苦手っすよ」

「ピュイ」

いや俺に聞かれても困りますよ。

「この記述は最近書かれたものだな。運命の子供は神の願いを叶える、神の思いに寄り添い、神の心を慰め、決して傍を離れてはならぬ……故に…………」

続けて文献を読むと、文字を読む声が詰まってしまった。

これはあまりにも。

「如何した、タケル」

読むのをやめてしまった俺にクレイが声をかける。

これを読むと皆怒るだろうな、俺も今ちょっと怒っているからな、と思いながら声にして読み続ける。

「ルジェラディ・マスフトスは……『欠けた子供』が選ばれる。オフスの子が候補。空を飛べぬ者は……有翼人の恥」

パジェイリーアの歴代当主は几帳面な性格だったらしい。

事細かな島の歴史を詳細に書いてある。

書いた本人の主観に過ぎないから、この記述には「諸説あり」という言葉が付いて回るのかもしれない。だが、まるきりの嘘は書かないだろう。

「ルカルゥが不完全な存在であるから、神の子として選ばれたと」

「なんとたわけた話じゃろうか。欠けた、なぞ！」

クレイとブロライトは怒りを露わにしたが、スッスは俺の話を聞いて黙り込む。

無言で皆にお茶のお代わりを注いで、自分は水筒のお茶を一口。

ブロライトは「欠けた」とか「不完全」という言葉が大嫌いだ。古《いにしえ》の掟に縛られていたハイエルフ族が近親婚を繰り返したため、不完全な形で生まれる子供が増加した。

ブロライトの兄でエルフ族の執政であるアージェンシール、アーさんは子供の姿のまま大人になれない不完全な存在だと自ら言っていた。

「兄貴、今の話で不思議に思ったんすけどね。ブロライトは、アーさんのその自虐が大嫌いなわけで。神の子ってのは急に作られたんすか？ルカルゥの翼が不自由だから、そうしようってなったんすか？」

「ほんとだ。……この頁の記述から、急にルカルゥが出てくる。今までルジェラディ・ナントカという役職の人はいなかったのに。あ、待って、神の神託を巫女が受けたみたい。先代の巫女かな？先代の巫女が神の声を聞いて、ルジェラディ・ナントカを選出するよう命じたって」

そもそも神の声って何。

巫女だけがそのありがたい声を聞けるらしいけど、どうやって聞くのかな。

パオネは最近というか、あの禊を始めてから神の声を聞いていないと言った。

「オフスとは誰じゃ」

ブロライトが巾着袋からスルメを取り出す。

皆それに無言で手を伸ばし、それぞれ食べやすい大きさに指で裂いてから口に運ぶ。

「ルカルゥの名前はオフス・ルカルゥ。調査《スキャン》した時にそう出てきたから、ルカルラーテ様っていうのは神の子に選ばれたあとに付けられた名前じゃないかな」

名前に意味を持たせるとしたら、キヴォル語でルカルラーテ・ルゥクとは「尊き選ばれし魂」だ。

「もぐもぐ、オフスさんってひとがいるんすか？　ルカルゥの親っすかね」

「どうだろ。島に来てからルカルゥは親に会いたいとは言っていないし、誰もルカルゥの親のことを教えてくれなかった」

「ルカルゥは孤児なのではないか？」

「それも聞いてない。ザバは……ザバは俺たちにルカルゥの親のことを一切教えなかった」

スッスとクレイに問われ、そういえばと思い出し口にする。

「ルカルゥって、親はいるの？」

ザバはルカルゥの趣味や特技を嬉々として教えてはくれたが、親や兄弟について語ることはなかった。

パジェイリーアのおうち真っ黒問題と、ルカルゥ自身の謎。

神の声を聞く巫女は、本当に神の声を聞いているのか。

神託を絶対だとする有翼人は、何故地上の民が持っていない過敏症を持っているのか——過敏症の謎は置いておくとして。

あとは槍。

槍のことは忘れてはいけません。

「これはもういいかげんにパオネに聞くしかないな」

スッスが揃えた情報と、俺の予想は合致した。

ただし、パジェイリーア家歴代当主の日記は報告書みたいに纏められていて、その時の筆者の感情は書かれていない。

パオネは何故パジェイ・ナーガが嘘の禊を教えたのか今でも悲しんでいる。

幼少期から傍にいて育ての親も同然の人を信じたい気持ちは未だ残っていて、監禁中のパジェイ・ナーガは激甘料理を食べる罰を受けているが、スッス特製野菜のミックスジュースも届けられているらしい。

パオネの恩情にパジェイが気づけるかはわからないが、とにもかくにも俺たちはそろそろ行動に移さなければならない。

俺は鞄の中から白染めの布と白染めに使う白粉が入った硝子瓶を取り出した。

これは、転移門《ゲート》を使ってちゃちゃっとベルカイムに行き、ちゃちゃっと領主であるベルミナントに挨拶し、ファドラにもらった美味しい出汁が引ける巨大青昆布を執務机の上に出してから、強請《ねだ》ってもらったものだ。無論、対価にネコミミシメジ数本とカニ雑炊を寸胴鍋ごと置いてきた。

ベルミナントは頭を抱えていたが、俺たちが今いる場所や何をしているのかは問わなかった。むしろ言わないでくれと頼まれた。

白染めはベルカイムでも行われていた。王都で作られるものよりブランド力は下がるが、王都と同じものが作れる。白染めの花も量産中。

ベルカイムの白染めは地方貴族に人気だそうだ。王都の白染めは高位貴族が独占してしまうからな。

細かい理由を教えず、ただ白染めした布と、白染めに使う粉をおくれと言って黙って寄越してくれる領主様に感謝。俺たちが抱える何かしらの問題に巻き込まれないよう、何も言わなかったのだろう。いやむしろ聞きたくないと頼むくらいだからな。

これはグランツ卿がベルミナントに何らかの警告したのかもしれない。

蒼黒の団が何か頼みごとをしたら、何も問わず答えてやれと。ありがたや〜。

何かあってもベルミナントやトルミ村は巻き込まないぞ。巻き込むならグランツ卿。

この白染めと白粉を証拠として。

ルカルゥの身の安全と、ルカルゥの生活環境の保証と、有翼人の未来。

未来をどうするかは有翼人たちに任せるんだけど、その未来でルカルゥが再度涙することがないように。

13　偽りの翼

そして翌日。

スッスが集めた資料を手に神殿へと赴くと、神殿内はてんやわんやの大騒ぎになっていた。

パオネの例の禊が嘘だと発覚してから半月。

地下牢に監禁中のパジェイ・ナーガの翼が青く染まり始めたというのだ。

パジェイ・ナーガの側近たちでエルル・ナーガと呼ばれていた高位白装束たちの翼も、それぞれ茶や赤や緑といった具合に色が変化したという。

無垢の色と呼ばれる白の翼が他の色に変化することはない。あるはずがない。

翼は五歳になるまでに色が決まり、色が増えることがあったとしても、色が変化した前例はなかった。

それはつまりそういうことよね。

おりしも今日は島に降り立ってから初めての雨模様。

島の飲料水は島内部にある湖から得ているのだが、雨が降らなければ湖は枯れてしまう。そのため湖の水を補給するために島ごと雨雲に突っ込むらしい。

どんよりとした曇天を眺めてパオネは涙を流していた。

『わたくしは、どこまで……愚鈍《ぐどん》なのでしょう』

神の子と巫女、島のツートップに仕えるはずの側近が巫女を騙していた。

巫女への大嘘禊から始まり、軟禁、動けなくなる一歩手前まで肥えさせ、巫女の死を願っていた。

これが単なる嫌がらせだとしても酷すぎる。おまけに純白を誇りにしていた白装束ル・ナーガであったことも偽り。

拘束されたまま地下牢から広間へとその身を移されたパジェイと側近たちは、翼を懸命に隠そうと藻掻いていた。

おまけにちょっと肥えていた。

食べるものが極甘焼き菓子しかなければ、それを食べ続けたのだろう。三食砂糖と蜂蜜を食っているようなものだ。考えるだけで歯が溶けそうだな。

パオネを筆頭に、ルカルゥとザバ、その背後に俺とファドラや双子、僧兵たちと続き。

この広間には神殿に仕える全員が勢ぞろいしている。

俺以外の仲間たちは席を外した。言葉がわからないし、俺にいちいち翻訳させると場の空気を乱しそうだと言って。

神殿の醜聞《しゅうぶん》であろう大事件なのだが、パオネは誰一人にも隠してはならないと言った。

同じ過ちを二度と繰り返さないために。

神殿内で幅を利かせていただろうパジェイは羞恥《しゅうち》に顔を真っ赤にさせ、その怒りを露わにしていた。

側近たちは怯え、震えるだけ。

『パジェイ・ナーガ、何故このような真似をされた』

ファドラが至極残念そうに語りかけた。

今のパジェイは俺の清潔魔法で本来の姿を取り戻していた。

銀髪に白い翼を持っていたパジェイは、茶色の髪に青い翼を持つ一色翼へと戻った。

そう。神殿に近寄ることを許されていない、一般庶民と同じ一色だけの翼。

だが、パジェイは俺の睡眠魔法が素直にかからなかった魔力の持ち主だ。だとしたら翼の色は一色ではなくて、複数色持っているはず。広げて見せてほしいと言ったら絶対に怒るだろう。

俺としてはあの紺碧《こんぺき》の青はとても綺麗だと思うのだが、そういう問題ではない。

白染めの粉を髪と翼に利用していたパジェイは、偽りの白ということになる。

沈黙が続く中、パオネは息を深く吐き出す。

『パジェイの名を継ぐ者の宿命なのでしょう?』

今にも涙を流しそうなほど悲しい顔を隠さず、パオネは静かに言った。

『パジェイリーアの伝統で七日に一度は宿下がりをしなければならないと言っていたわね。エル・ナーガたちを伴って。わたくしも共に連れて行ってほしいと言ったら、貴方烈火の如く怒ったわ。聖なる御方が神殿を離れてはならないと。いやね、聖なる御方なんてあなたは仰々しく言うけれど、神を慕い、神に仕えるわたくしたちは皆神殿を離れるべきではないのは理解できて?』

パオネもきっと考えたのだろう。

過去に抱いていた違和感や、疑問に思っていたことを。

どうしてだろうと考えていたことを必死に思い出して。

『二言目にはパジェイリーアの伝統だから。伝統には従わなければならないから。あなたは口癖のように言っていたわね。それならばね、わたくし思うの。先代の巫女は聖殿でお神楽《かぐら》を舞っておられたわ。巫女はあれが大切な伝統なのだと言っていた。それなのに、わたくしは一度もお神楽を舞ったことがないの。伝統なのに』

巫女の神楽か。

聖殿……あのぽっかり天井の槍の部屋のこと？

あの部屋も早いところ直させてもらえないかなと考えていると、パジェイは開き直ったかのように笑いだした。

『はははっ！　四翼巫女が我らの言うなりになる様は面白かった。何一つ疑わず、己の頭で考えることもせず、わからないことがあれば調べず誰かを頼り、巫女である誇りをはき違え、神の声を聞けなくなった落ちこぼれ！』

冷たい印象だったパジェイだったが、今は怒りと苛立ちをパオネにぶつけている。

『先代巫女は貴方があとを継ぐことに懸念を抱かれていた。知らないことを聞くのは正しいが、調べずに相手の言いなりになってしまうのは巫女として如何なものかと！　事実、貴方は疑うことをせず今まで生きてきた！　そこにいる地の子が我らが国を汚すまでは！』

パジェイの怒りの矛先が俺に向かったようだ。

それで良い。

怒る相手は俺で良い。

パオネの生きてきた世界はあまりにも狭い。実際にパジェイが言っているように、疑問を抱かず言いなりになっていたというのは事実だ。

だからってさあ。

あまり酷なこと言いなさんなよ。

パオネは幼少期から神殿育ちで、しかもパオネを育てたの貴方がたでしょう？

そういう思考になるよう誘導し、先導し、操れるように仕立てたんでしょう？

俺は苦く笑うと、鞄の中から黒い羽根と硝子瓶に入った白粉を取り出した。黒い羽根は道端に落ちていました。僧兵のナントカさんの抜け羽根だそうです。許可を得て拾いました。

取り出した粉を見るなり、パジェイ以外のパジェイの側近たちは顔色を変えて頭を必死に下げる。後ろ手で拘束されているからその体勢は辛いだろうに。

『子供っていうのは純粋なんだよ』

パジェイの憎しみを受けた上で、俺は見当違いなことをのんびりと話し出す。

広間には俺の声が響いた。

急に何を言いだすんだコイツ、という視線を感じたが無視。

俺は鞄から大きな硝子瓶を取り出し、中に水を入れる。飲料水でも川の水でも良いが、冷たい水が良いとのことで細かい氷を魔法で作り出してざらざらと中に入れた。

『大人が言うことには従いましょう、この一言に従ってしまう子供がいる。だけど、言うことを聞かないこともあったのかもしれない。だが、この神殿では戒《いまし》めと称して子供に鞭を打つことを良しとしている』

俺は喋りながら冷水の中に白粉を全て入れる。どこで買ったのか覚えはないけどいつか使うだろうと思って保管していたのだろう麺棒を取り出し、白粉が入った冷水をゆっくりとかきまぜる。

『ポポンガジャクジャクだかポンポン鞭だか知らないけど、ルカルゥの腕には棘の付いた鞭で打たれた痕があった。痛々しくて見ていられないくらいの。あれは虐待って言うんだからな。苦行だか穢れを払う儀式だか知らないけど、鞭で打たれたくない子供は言うことを聞くようになるだろうよ。大人の思い通りのいい子ちゃんに』

この言葉はパジェイだけに言っているわけではない。

この聖堂に集まった、全ての信徒たちの顔を眺めながら言っている。

ルカルゥの肌に残った赤青い痣がまだ忘れられない。痛々しいあんな痣、金輪際《こんりんざい》どの子供にも作ってもらいたくない。

『ルカルゥは抵抗したんだろうな。鞭を打たれても、嫌だ、痛い、やめてくれと。泣いて叫んで――ザバを通じて俺たちに助けを求めてくれた。そんな言うことを聞かない子供を部屋に閉じ込めてせいせいしたか？』

俺が話しながら信徒たちの顔を見ると、皆俯いたり涙を流したり、悔しそうな顔をしている。

この中の誰かは鞭で打たれた経験があるようだ。そして、ルカルゥがされた仕打ちを知っていながらも救えなかった。もしくは、救おうとはしなかった。

『この人には逆らってはならない。言うことを聞かなければ鞭で打たれる――そう洗脳された子供は、余計なことを言わなくなる。聞かなくなる。大人が言う通りに行動をすれば褒めてもらえる。痛い思いをしなくて済む』

白粉を混ぜた水がねっとりとしてきたら、菜箸《さいばし》で羽根をつまんで白濁した水の中に漬け込む。

『パオネさんは幼い頃から貴方に問おうとしていた。きっと何度も。だけど鞭で打たれる痛さを経験しているパオネさんは聞きたくても聞けなかった。だから言われるがままに行動するしかなかった。言うなりになっていたんじゃない。従うしかなかったんだ。だって、怖いから』

こういった隔離された狭い世界しか知らない種族っていうのは、そうしなければならない、そうすることが当たり前だ、という概念に囚われてしまっている。

俺は前世での記憶もあるし、マデウスで様々な経験をしてきた記憶がある。多種多様の種族の価値観を知ることができた。

エルフの郷の凝り固まった頭の連中に諭したら逆ギレされたこともあったっけ。

第三者として冷静に状況を分析してみれば、この場所にいる全ての人は被害者であり加害者であり、掟や伝統に縛られた人なのだ。

このままの伝統で良しという人の考えを否定するつもりはない。だが、目の前の現実は見てもらわないと。

『パジェイさんも同じ立場だったんじゃない？　白装束の筆頭として、パジェイリーア家の代表としての立場を守るため、髪や翼を白く染め――』

白い液に漬け込んだ布を菜箸で取り出し中空に出した水魔法で洗うと、黒かった羽根は光沢を纏う白い羽根に変化していた。

『そうすることで一族の伝統を守ってきたんだろう？』

黒い羽根が白い羽根に変わった。

間近で見ていた有翼人たちは、驚愕の声を上げた。

『パジェイリーアはまやかしの白を持っていたのか！』

『あれほど誇らしげにしていた白を、染めていたなどと！』

翼の色を誤魔化していたパジェイたち側近は、ぐうの音も出ないほどに黙ってしまった。先ほどまでパオネを侮辱していたパジェイの顔色がとても悪い。

『これは白染めという地上の技術でね。どんな色のものでも白に変えてしまうという、ある意味で漂白剤……いや、艶やかな白に変えるものなのです』

俺の傍で控えていたアクシアが目を輝かせ、己のほっぺたのヒヨコ羽根をぶちりとむしる。

『この羽根も白く変わるのか？』

いや、むしるなよ。

むしるなら頭に生えているやつにしろよ、見ているほうも痛いんだぞ、と言いたくなるが黙る。

俺はヒヨコ羽根を受け取ると、菜箸で黄色いヒヨコ羽根を掴み白濁の中に入れぐるぐるとかき回す。そうして数分後、水で洗えば白いヒヨコ羽根のでき上がり。

ヒヨコ羽根の色の変化を間近で見ていたアクシアと巫女付きの双子は、目を輝かせて手を叩いた。

この無邪気さに救われる。

『おおおお……！　この染め色は、どのようなものでも白く変えてしまうのか？』

『どうだろな。有機物なら染まるっぽい。色の強い鉱物は染まりにくいけど、上から塗る形でなら色は変えられる。壁とか、天井ね』

『床は駄目なのか？』

『往来が多いとハゲちゃう。定期的に塗り直さないと』

基本的に白染めは服飾で使われることが多い。白染めで作られた服は高価なので、所持しているのは貴族や大店の商人など。

高価な服は頻繁に着るものではないし、洗濯するものでもない。そのため、色落ちすることも少ない。染め直す技術もあるしね。

白染めの粉は貴重なので、床に塗る人はいないだろう。床を白く塗ると考えるより前に、大理石などの白い石を使うほうが早いからだ。

白染めで染めたものは永遠には続かない。雨風や太陽の光などで劣化するし、水に濡れると多少落ちることもある。

こういうところは漂白剤とは違うんだなと考え、パジェイたちら側近が十日に一度家に帰っていた本来の理由は、翼の色を染め直していたのだろう。

『ルカルゥに体罰を与えたのは穢れを払うため。それは自分たちも経験してきたことだから、嫌がろうと泣き叫ぼうとやらなければならない儀式。だけどさ、それは誰が望んでいるの？』

白染めするための硝子瓶を脇に退け、俺は床に胡坐をかいてパジェイとパオネに視線を移した。

『神様がそれをやれと命じたの？　言うことを聞かない人を叩いて痛めつけろって？』

未だ姿形がわからない有翼人たちの神。

俺が今まで出会った神たちは、皆、結局優しかった。スッスはリウドデイルスを見た時腰を抜かして「恐ろしかった」と言ったが、かっこいいな、綺麗だなと思う前に畏怖《いふ》の念で恐怖が勝ってしまうのだろう。

俺が会って話をした感覚でしか言えないが、人に興味なさそうで、干渉しなさそうで、だけど確実に見守っていそうな感じ。

蒼黒の団の仲間である古代馬であるプニさんは、自己中心的で唯我独尊ではある。自由気ままで勝手な行動も多いが、決して俺たちを害しようとはしない。その時食いたいモンスターを連れてきて倒せって言われるし、気まぐれだからそっちの空は飛びたくないとか急に言いだすし、誰よりも食うから食費はとんでもないけども。

時折神様っぽいことを言って忠告してくれるのは、プニさんの優しさなんだよ。

『俺は有翼人たちの崇める神様を知らない。島に来てからほんの僅か滞在したに過ぎない地上人だ。完全に部外者で、余所者で、俺の言うことなんか聞く必要ないって思うのは勝手だ。でもさ、子供を痛めつけるのを良しとする神様って何？』

俺はパオネを真っすぐと見た。

『パオネさん、神様の声を聞ける貴方はどう思う？』

広間に沈黙が続く。

疑いたくはなかったんだけどもね。

有翼人が崇める神は、きっと体罰を命じてなんかいないと思うんだ。

己を戒める苦行っていうのはあるだろうけど、だけどそれは己の意思で行うもの。

パオネはルカルゥにもらった大きな布で顔を拭いつつ、それでも涙を溢れさせながら言った。

『わたくしは、嫌、です。あれは恐ろしくて、痛くて、嫌なのです。きっと誰もが同じことを思っていることでしょう』

『それなら廃止すれば良い』

『で、でも』

『神様がやれって命じるのなら俺は黙るけど、そうじゃないんでしょ？　いつの間にかできた慣習とか伝統やらなんですよね』

伝統っていうのは初めのきっかけがあるはずだ。

そのきっかけが何年、何百年前のことになるかはわからない。だが、確実に誰かが勝手に作ったものだろう。

言うことを聞かない誰かを鞭で打って、言うことを聞くようになった。

ならばこれからもそうしよう。

そうやって伝統が生まれたんじゃないだろうか。

『わたくしは……ポンポンジャクでの穢れ払いの儀式を命じられたことなど、一度もございません！』

パオネがきっぱりと言い放つと、信者からは『そんなまさか』とか、『やはりそうであったか』という声が上がった。

内心、おかしな儀式だと思っていた人もいて良かった。皆が皆ポンポン鞭になんか打たれたくないよな。

『俺が信仰する神様はたくさんいるんだ。東の大陸を守護する古代竜ヴォルディアス、古代馬ホーヴヴァルプニル、緑の精霊王リベルアリナ、古代狼オーゼリフ、北の大陸を守護する古代竜リウドデイルス。もしかしたらこれからも信仰する神様は増えるかもしれない。でもさ、その神様たちは人を見守っているだけ。直接人の営みに介入することはほとんどない』

――と、プニさんが言っていた。

地上に顕現して俺たちと共に旅をするプニさんとか、しょっちゅうトルミ村やエルフの郷に現れてはうっふんあっはん主張激しくしているリベルアリナはともかく。

『パオネさん、あのばっちぃ……いや失礼、あの禊をするようになってから神様の声を聞けなくなったと言っていたけど、もしかしてもしかするとだよ？　あの、槍、関係していない？』

俺が聖堂に鎮座《ちんざ》する槍のことを言うと、パオネはつぶらな目を大きく開いた。

『そう……です。わたくしは本当は槍のせいではないかと思っておりました。ですが、続けていた禊を途中で疎かにするわけにもいかず……。タケル様、貴方はどうしてわたくしの事情がおわかりになるのですか？』

ある意味で俺が元凶だからです。

俺は背中に冷や汗が垂れるのを感じながら、ゆっくりと腰を下ろしてから勢いよく頭を下げた。土下座した。

どうしてこう、俺たちは様々なことに巻き込まれるのか。特に俺。

平和な日常を送るスローライフをさせてもらいたいんだけども、そうは問屋が卸さない「青年」のせいだきっとこれ。

ヘスタスの投げた槍がたまたま空飛ぶ島の聖堂を破壊し、巫女は神の声が聞こえなくなった。

槍が何かの作用を阻害しているとか、そんな感じなんだろうな。

14　槍の意思

パジェイ・ナーガとその側近であるエルル・ナーガたちは再び捕らえられることとなった。

数百年は使っていなかった、島の地下にある罪人が入れられる施設での生活を余儀なくされるそうだ。

俺たちはスッスが集めてくれた証拠書類と、白染め用の白液が入った硝子瓶を証拠品として提出。

翼の色を偽ったことと、嬉々としてポンポン鞭の穢れ払いを行っていたことと、何より巫女であるパオネを幼少期から騙し続けてきた罪は重い。

地下牢にて監禁されることとなったパジェイは、青と緑と黄の美しい翼で全身を隠すようにして沈黙を続けているという。まるで魂が抜けてしまったかのようだとエルル・ナーガたちは騒いだが、呼吸をして、水を飲んで、何かしらの飯を食っている間は大丈夫。

極甘料理の禊はパオネが禁じ、海鮮メインの島独自の郷土料理が三食出されるようになった。

食べる気力があるということは身体が生きようとしているから。生きるための本能。生きたいと願っているから食べられるのだ。

だけど心っていうのは急激に気力が急降下しておかしな真似をしたりするので、僧兵たちが二十四時間体制で見張りをしてくれている。

パジェイリーア家は神殿と島の民に様々な貢献をしてきたが、翼の色を変えるという大罪を一族で、しかも大昔から行ってきた。

マティアシュ領からの交易品も全て独占し、なんと新鮮野菜や他の食材は海に廃棄していたんだと！　そっちのほうが罪が深いじゃないか！

この事実に信徒たちは裏切られたと騒いでいたが、パオネはそうやって過ちを重ねる歴史を築いてしまった巫女や信徒たちに責任がないとは言えないと断言した。

先代のパジェイリーア家当主は既に隠居《いんきょ》の身だったが、誇り高き我が家に対する侮辱だ何だと騒ぎ立てたので僧兵たちに拘束されていた。その先代も翼の色は白ではなく、茶色だった。

我が子であるパジェイを罵《ののし》る言葉ばかりを口にしていた先代は、そうやって先々代に罵られながら生きてきたのかもしれない。

脈々と続いた偽りの白の翼の名門家は、神殿への関与を一切禁じられた。

全てはルカルゥを介してザバが告げたのだ。

「翼の色は変わろうとも、神は同じ御所に変わらずおられることで！　罪を認め、数年間はおとなしくすることです！　今後の行い次第では翼を全てむしる刑を執行するか、翼を切り落とすか、翼をくくって海へ突き落すか、タケル様の魔法で翼を燃やしてしまうかもしれませんことですよ！あなた方はそれだけの罪を犯したのですからのことで！」

と、俺をぺろっと巻き込みやがりました。俺は人を燃やしたりしません。

島の最高位であるルカルゥの言葉は何よりも重んじられる。

パジェイリーア家に関わる全ての者――白染めに関与した者、交易品を独占した者――数年間か数十年間か、刑期はわからないが軟禁生活を強いられるようだ。

そうしてまた数日が経過すると、地の底までめり込むほど落ち込んでいたパオネは、次第に明るく微笑むようになるまで気力が回復した。

どれだけ落ち込もうとも日課は欠かさず怠らない真面目な性格のパオネは、神殿の仕事とウォーキングを頑張った。

極甘食事生活を強いられていたパオネは甘いものが苦手になり、果物でも甘さ控えめのものしか食べられなくなっていた。

ダイエットには最低限の糖質も必要になるので、そこは照り焼き肉とかきんぴらごぼうなどに砂糖を加えて味の調整。ヨーグルトには甘さ控えめの果実も入れる。レモン味のキノコグミも添えて。

動いてバランスよく食べて間食せず、湯殿で汗をかいて全身マッサージをしてもらい、動かせる筋肉で体操。そんな健康的な生活を続けていたパオネ。

なんと半月ほどで杖なしで歩けるようになったのだ。

見た目はむっちりしているが、足と手の筋力は確実についている。肌の状態もつやつやしていた。

俺としては杖なしで歩けるようになるには半年はかかるかなと予想していたのだが、パオネは俺の予想を大いに上回る頑張りを見せてくれた。

「杖が必要なくなったとしても、無理は禁物じゃぞ。特に階段は無理に使うことはない。わたしの祖父は階段から落ちて尻を強く打ち、しばらく歩けなくなったのじゃからな」

ブロライトの言う通り、神殿内部には長い長い階段もあるし、神殿から民家に行くまでにも階段がある。スロープなんてものは存在していないので、そういう時は無理をせず浮遊座椅子を使ってもらうことにした。

＋　＋　＋　＋　＋

パジェイリーア家と白染めに関わる者たちの断罪から更に数十日が経過し、俺たちが島に滞在するようになってからひと月半が経過。

俺はやっと中央聖堂の修復を開始することができた。

本来なら「あの槍は俺が原因なんですごめんなさい」と素直に土下座と白状をした時点で聖堂の修復をするつもりだった。

だがしかし、それはどういうことだとファドラに詰め寄られ、槍が聖堂を破壊した経緯を事細かに説明することになり。

神殿内の応接室で、五日間にわたる取り調べと相成りました。

そりゃ国の大切な施設を破壊したのだから、一から十まで全て説明しないと納得してもらえないよな。

俺たちは個々に取り調べを受け、それぞれ経験した話をした。

北の大陸に俺が拉致《らち》られたところから、ユグル族とコポルタ族の出会い、常闇のモンスターの出現、古代竜リウドデイルスの封印、そして英雄ヘスタスの活躍。ついでにトルミ村の魅力をわんさか伝えておいた。

鑑定眼を持つ僧兵数人に取り囲まれ、俺たちは全て「青」判定をもらった。

嘘偽りは一つも言っていない。そんな経験をしてきたのか、にわかには信じられないと言われたが事実ですからねえ。

話の流れとしてビーが古代竜の子供であり、あの謎の馬は古代馬であることも説明した。

どうして神が地の子の傍におられるのだと騒ぎになったのだが、これもまた鑑定眼の持ち主が「青」判定をしたので、俺たちは一体何者なんだと騒ぎになった。

ほんと、何者なのでしょうね。

色んな面倒事に巻き込まれる集団？　いやいや、俺は素材採取家ですってば。

そうして天井ぽっかり中央聖堂へと蒼黒の団は集められた。

神殿の上層部——ルカルゥとザバを筆頭に、巫女パオネとお付きの双子、ファドラ、新たに白装束から選ばれた側近たち数名と、護衛を兼ねた僧兵たちが数名。ヒヨコ羽根のアクシアと雀っぽいレビンとはこの数日ですっかりと仲良くなれた。二人は島の郷土料理よりスッスと俺が作る料理のほうが好きだと断言している。特に照り焼き味の肉が好みだそうな。

『かしこみ、かしこみ申す……古代竜の、尊き和子《わこ》に対しなんという無礼な真似を』

「ピュピュピュ、ピュイーピュッピュピュプー！」

ファドラが筆頭になり、聖殿内にいる俺たち以外の信者たちは全員膝をついて頭を深々と下げた。

しかし、ビーはファドラの言葉を遮りそんなことしないでと叱った。

ビーは神様扱いされるのが嫌いで、仲良くなりたい相手から敬われるのも苦手だ。

『ビーはそんなことしないでほしいって。急に態度を変えられると寂しくなるんだって』

「ピュイ」

『さ、左様でございますか……』

パオネも椅子から降りて膝をつこうと頭を下げたので、スッスとルカルゥがそれを必死に止めていた。杖なしで歩けても、まだまだ膝はつかせませんよ。自重で膝の皿が割れでもしたら一大事だ。

浮遊椅子に座らされたパオネはせめてもと祝詞を唱え始めた。神を称えるキヴォル語の祝詞。

これはもう献身的な信者である巫女の条件反射のようなものだから許してやれとビーを諭す。

神に仕える巫女が、神に出会えたのだ。その喜びは一入《ひとしお》だろう。

喜んでいるのは巫女だけではない。信徒たちはのんびりと欠伸をするビーに興味津々。相手は四大陸を守護する古代竜のひと柱の子。次世代の古代竜。恐れ多いのだけど、だけどあの姿は眺めていたい。だって可愛いから。わかるよ。気持ちはわかるよ。どんどん眺めてやってくれ。

祝詞を熱心に唱えているパオネの隣、ファドラが中腰になっておろおろと慌てている。

その姿は少々間抜けなのでクレイがファドラの腕を掴んで立たせた。クレイの頭上には相変わらずハムズがふわり。

ファドラはビーの姿を直視しないように目を伏せ、そういえばと言いだした。

『古代馬であらせられる御方は……今は何方《いずかた》に』

『どっかの空を飛んでいると思いたい。あの馬《ひと》、しょっちゅういなくなるけど必ず戻ってくるから』

『それでは古代馬をお迎えする壮大な祭りの支度を』

『いやそういうのは調子こくからやめたげて』

プニさんを招く祭りなんて開催したら、有翼人が崇める神を押しのけてこの偉大なるわたくしがこの島を新たな根城に致しましょう、なんて言いだしそうで怖い。一日六食以上食べる神様の相手は大変だぞう。

「本来ならばこのように恭《うやうや》しく祝詞を唱え、神の降臨を称えるのが当たり前のことなのじゃが」

我らは忘れておったな、とブロライトが笑う。

それは俺も同意するが、なんというか俺が出会う神ってみんな個性豊かというか、出会いが突然で驚きはするけどそのビジュアルに圧倒されることのほうが多い。リベルアリナとかリベルアリナとかね。

超越した存在なのか各々の性格なのか、意地の悪い神様って出会ったことがないんだ。

オーゼリフには初対面で攻撃されたが、あれは魔素が原因の暴走だったから意地悪というわけではないだろう。

それだから尚更有翼人たちの神様が気になる。

神の子と呼ばれているルカルゥに鞭を打つ所業を咎めない神様とは。そもそも本当に存在するの？　とまで思ってしまうのだ。

そんなこんなで、俺たちは聖堂の天井を破壊した槍の説明をすることができた。

もちろん誠心誠意頭を下げ、謝罪をし、できることならばあのぽっかり天井修復させてくださいと言った。

ファドラはそんなことできるのかと半信半疑で聞いてきたが、クレイの握力で壊した鍋を一つ鞄から取り出し、ファドラの目の前で修復。傷一つないでき立てほやほやの鍋を見たファドラの目は驚きで落ちそうなほど開かれていた。

あれだけ大きな巻貝の天井を直すには少々気合が必要となる。

水筒に入れた魔素水をがぶがぶと飲み干すと、軽くストレッチをして身体を動かし、ユグドラシルの杖を構えて修復魔法を展開。

無駄に魔力を使わないよう、細かく修復ができるよう、強い思いを乗せて。

修復対象が貝だからか珊瑚だからか、魔法が入りにくい。それから祭壇にぶっ刺さったままの槍が俺の魔力をぬるぬると奪っていく。

ヘスタスが遠慮なく槍を振るっていたから、槍そのものに必要な魔力が空っぽだったのかもしれない。あの槍の穂先はアダマンタイト魔鉱石が使われていて、白金のように輝くヘスタス好みの派手な槍。

天井を直したいのに槍が魔力を奪うため、先に槍の魔石に魔力を充填し、魔力が満タンになったのを確認してから再度魔素水をがぶ飲みし、天井の修復をすることにした。

巻貝の天井の破片は部屋の端に片付けられていたが、それがするすると天井に吸い寄せられパズルのピースのように埋まっていく。

破片を残しておいてくれて良かった。破片があるとないとでは魔力の消費が大違い。

欠けた部分を魔力で補うのが修復魔法なので、どこかに飛び散った破片などは魔力が新たなるピースを作り出す。

どういう原理なの？　なんて聞くのは野暮《やぼ》。

全ては魔法です。

俺は天井を完全に修復し、ついでに劣化しないように維持魔法も使い、そのついでに清潔魔法もちょろりと使う。

有翼人だから空飛んで掃除できるため無駄に高い天井の設計にしたのだろうが、あの天井まで飛んで掃除するのはかなりの労力を費やすだろう。天井の高さは設計者の趣味かもしれないけど。

京都東西両本願寺の煤払《すすばら》いのように、掃除することが修行というか徳を重ねるというか、ともかく掃除係の仕事を永遠に奪わない程度に綺麗にさせてもらった。毎日朝と夕方に神殿内の掃除をするのは白装束たちの大切な仕事だからな。

大仕事を終えた俺は久々の魔力の減りに疲れ、腰を下ろしてしまう。

魔素水を再度飲むが、魔力は戻っても疲労感は取れないまま。

だがこれで悶々と悩むことがなくなった。謝罪もできた。納得もしてもらった。

肩の荷を一つ下ろすことができた達成感は心地よい。

「ピュイ?」

俺が修復したばかりの天井を眺めてぼんやりとしていると、ビーが大丈夫? と声をかけてくれた。

「……めっちゃくちゃ魔力使った。ほぼ槍に魔力を吸われた」

「ピュピューイ、ピュイ?」

「槍の魔力を充填したのと、ついでに修復もしておいた。ヘスタスが相当無理をさせたみたいだな」

「ピュウーイ」

ディエモルガの槍は神器であり、槍そのものに魂が宿っているというか、意思がある。

クレイが所持する太陽の槍のように、持ち主を槍自らが決めるのだ。

そして、あの槍の持ち主はヘスタスとなっておりまして。

槍を持てるのはヘスタスだけ。そのヘスタスはイモムシ電池の姿。機械人形《オートマタ》の屈強な身体がなければ、あの巨大な槍は抜けないだろう。

試しにクレイが槍に近づこうとしたら、太陽の槍から強烈な威圧が発せられた。まるでそちらに行くな、それに触れるなと言わんばかりの威圧にクレイの頭にいたハムズたちは完全に怯え、クレイもディエモルガの槍に近づく気力を失ってしまった。太陽の槍も嫉妬とかするんだね。

つまり、槍は祭壇から動かせない状態なわけだ。

「こちらの理由を説明すれば、リピは考慮してくれると思う。槍をすぐに返せとは言わないだろう。だけどヘスタスの機械人形《オートマタ》の身体をさっさと直すことが条件だろうな」

ヘスタスは地下墳墓《カタコンベ》内に留まる英雄の魂の中で、特に外の世界に興味を示す好奇心旺盛なリザードマンだ。

リザードマンの特性なのか何なのか、身体を鍛えたり鍛練したりするのも大好きで、同じ英雄の魂であるリンデルートヴァウムと手合わせができないと騒いでいる。

槍を失い、貴重な機械人形《オートマタ》の身体までも破壊したヘスタス。

俺たちを救うためだとは言っても、それとこれとは別なのよとリピはたいそう憤慨していた。

それは、ヘスタスの機械人形《オートマタ》の身体を修繕できる技師がこの世に存在していないからだ。

少しだけ壊れているだとか、配線やら魔法紋やらの乱れで不具合ができている程度なら俺の魔法で直せる。

大昔の名匠、ディングス・フィアルが製作した機械人形《オートマタ》の身体は、完全なオーダーメイド。

古代遺物《アーティファクト》は現代で失われた製法や技術をこれでもかと使っているうえ、ディングス・フィアル秘蔵の製法も使われているとなるとかなり困難な修繕となるだろう。

素材となるものも一流品に限られるだろうし。

破壊の限りを尽くしたヘスタスの機械人形《オートマタ》の身体は俺の魔法では修繕できない。核となる強い魔石も新たに必要になる。

リピ秘蔵のアポイタカラ魔鉱石やアダマンタイト魔鉱石を使ったとしても、修復できるかはわからない。

ヘスタス好みの新たな機械人形《オートマタ》の身体が作れる技師と、強い魔力を持つ魔石。

この二つが必要になる。

＋　＋　＋　＋　＋

「さてどうするよ」

聖堂を修復した俺たちは、祭壇に続く階段の前で円座になって座る。

パオネの健康的に痩せよう生活は順調で、神殿内で暗躍していた膿《うみ》は一掃し、ルカルゥの顔にも笑顔が戻った。

槍で壊した聖堂も完璧に修復した。

あとは槍の回収だけ。

「ヘスタスの身体を直すのが先になるのじゃろう？　ならば技師を探せば良い」

ブロライトは簡単なことのように言うが、クレイが呆れたように息を吐く。

「その技師がこの世におらぬのだとリピが言うておったのだ」

しかしブロライトは諦めず、口をとんがらせて反論。

「リピは地下墳墓《カタコンベ》より外に出てくることはあまりないではないか。それならば、今世で技師がおるか否かはわからぬじゃろう」

それもそうだよな。

相当な技術を持った技師が必要なのだろうけど。

「グルサス親方は駄目なんすか？」

スッスが提案し、全員が「それだ！」という顔をしたが、だけどあの人技師じゃなくて鍛冶師じゃん？　と思い直して肩を落とす。

「ドワーフの国で技師を探すしかないかな……ドワーフの王様に頼んでみるのもありか。だけど、事情を話すとなるとキヴォトス・デルブロン王国の存在が明かされてしまう」

なるべくならこの島の存在は秘匿したい。

パオネたちがどう思うかにもよるが、見世物になったり島に乗り込まれたりするのは嫌だろう。

「その前に地下墳墓《カタコンベ》の存在が知られるのも恐ろしいぞ？　あそこには数えきれないほどの貴重な財宝が眠っておるのじゃ。無謀な盗掘者どもがあとを絶たなくなる」

「ブロライト、地下墳墓《カタコンベ》の守護神らは盗掘など許さぬであろう。それに、俺が受けた試練も未だ健在。リピルガンデ・ララは新たなる挑戦者を心待ちにしていると言うておった」

俺も地下墳墓《カタコンベ》の存在を公《おおやけ》にするのには反対だが、存在をうっかり知ってしまった人が挑戦するのは良いのかな。よこしまな心を持った人は、第一、第二の試練を突破したとしても、第三の試練は絶対に突破できない。試練に失敗したら地下墳墓《カタコンベ》の入り口に強制的に戻されるだろうし。

もしも第三の試練を突破できたとしても、どんな人であれリピは歓迎するはずだ。さあ、次はリンデと戦うのよ！　なんて満面の笑みを浮かべて言う。きっと言う。

「せめて機械人形《オートマタ》の核となる魔石があればな……リピにもらったアポイタカラ魔鉱石だと足りない。もっとたくさんの魔力が込められる、強い魔石に変えないと」

機械人形《オートマタ》の核はあのイモムシ。

ヘスタスは今の核に仮住まいしているような状態だ。純銀で作られているイモムシの身体は輝きは強いが、クレイがあのイモムシを壁に投げつけたらぺしゃんこになるだろう。銀は柔らかいのだ。ミスリル魔鉱石はアダマンタイト魔鉱石より柔い。この場合、硬い柔いの柔いだ。そのぶん加工がしやすく魔力も込めやすいのだが、機械人形《オートマタ》の核になる魔石には硬度も必要となる。英雄リンデルートヴァウムの機械人形《オートマタ》の核にはガッチガチに硬い魔鉱石が使われていた。ダマスカス鋼のような、独特の文様がある不思議な魔鉱石。リピによると空から降って来た星屑《ほしくず》らしいが、今は失われてしまった鉱石らしい。

「一つ問題が解決すると、四つぐらい問題が増えている気がする」

「誰が原因だ」

クレイに睨まれて視線を逸らす。

島に上陸早々、一部の人たちが秘密にしていたことをほじくり返した俺が原因です。恨むのならば俺のサスペンス好きで妄想好きの性格を恨んでくれ。直しようがないけども。

有翼人たちの日常を引っ掻き回し根本から破壊し、常識を覆して伝統を廃止させた。

エルフの郷でも同じことをやらかしたのだが、後悔はしていない。

後悔はしていないが、これで良かったのかなと悩みはする。悩むだけ。迷惑かけまくったなー、申し訳ないなーとは思う。

パジェイリーア家のあれやそれやを暴《あば》くのは、パオネのダイエット計画に合わせてゆっくりと進めるつもりではあったのだ。これでも。

だがしかし、思いのほか早くパジェイらの白染めが剝がれてくれて良かったとも言える。ルカルゥとザバの安全で楽しい生活が続けられるよう、土台を清めて整地することのほうが大切だろう。ここは二人の故郷なのだから。

君主制ではなく、神を絶対的な存在としている有翼人たちは、ひとまずの最高指導者を巫女パオネとした。補佐役に僧兵ファドラと、白装束の中でも改革派というか革新派というか、ポンポン鞭に反対していた人たちがパオネを支えることとなった。

ルカルゥはトルミ村に帰るとも、島に残るとも言っていない。

リステイマーヤの屋敷の地下室にトルミ村への転移門《ゲート》は繋いだのだが、ルカルゥはトルミ村に行こうとは言わなかった。

幼いなりにいろいろなことを考え、状況を読み、まずはパオネの健康を優先したのだろう。

島とマティアシュ領との交易はこれからも継続し、今度は交易品が正しく民に回るように取り決めもされるようになる。

それならトルミ村にも来れば良いじゃない、とは言えなかった。あまりにも図々しすぎるかなと思いましてね。そのうち交渉させてもらう。諦めない、新鮮な海藻。

「パオネさんの状態も良くなりつつあるし、あとは任せて俺たちはひとまずトルミ村に戻る？」

「ピュイッ！」

俺が提案をすると、ビーがそれは駄目だと怒る。

「まだ駄目なの？　ルカルゥとザバが心配なのはわかるけど……」

『ほあぁぁっ！』

突如聖堂内に鳴り響く叫び声。

パオネが浮遊座椅子に腰かけたまま、天井を仰ぎ見たまま硬直している。

「どうしたんすか？　お腹痛いんすか？」

異変に気づいたスッスが誰よりも素早くパオネに近づこうとすると、それをファドラが制止した。

『巫女が神の声をいただいているのだ』

ファドラたち信徒一同はその場で一斉に膝をつき、頭を下げる。

そうしてキヴォル語で祝詞を唱え始めた。

歌うように唱える祝詞は不思議な旋律だった。年齢も性別も翼の色も関係なく唱える祝詞に聞き入っていると、パオネの赤い髪が風もないのにゆらりと揺れる。

そうしてゆっくりと顔を信徒たちに向けると、優しく微笑んだ。

「オータロス・ケノファーヴァディ・アラソミエント」

パオネの口から明らかにパオネの声でない声がキヴォル語で話し始めた。

いいや、キヴォル語というよりも古代キヴォル語と言ったほうが正しいかな。今は使わない古い言葉だ。

例えるならば「可愛い」を「いとをかし」、「可笑しい」を「けもじ」なんてわざわざ言うようなもの。

パオネの身体を使って神様が喋っているのか。これが神の声をいただくということ。

神様の声ってまるでヘリウムガスを吸った時の合成っぽい声だな、なんて真剣な顔をして黙って聞いていると、俺の隣に立っていたクレイが盗聴防止魔道具を起動させた。

クレイは顔をふいっと動かすと、頭上で浮かんでいたハムズたちがクレイの口元を隠すように集合し、再びふわふわと浮遊した。なにそれ！　いつそんな技覚えたの！　俺もやってみたい！

それはともかく。

クレイは胸の前で腕を組みながら仁王立ち、表情を変えずに聞いてきた。

「なんと言うておる」

「あーーーっと、まずはお久しぶりですねの挨拶から」

有翼人の神様って律儀なんだな。

パオネの話す言葉を書記官らしき白装束たちが数人、必死に書き記している。

あの書き写したものをあとでまた読ませてもらうとして。

初めに挨拶。それから大層な力を持つ何かが邪魔をして声を届けられなかった、今は聞こえていますか、わたしは元気です。

「くれなひに輝きし空高く聳える天の頂《いただき》にて裁きの子を待つ成《なり》——意訳すると、あの赤い塔のてっぺんで子供を待っているから早いところ寄越してね、みたいな」

「……本当にそのようなことを申しておられるのか？」

「嘘言ってどうするよ」

クレイは疑うが、間違ったことは言っていない。意訳しすぎた感は否めないが。

大層な力が邪魔をして声を届けられなかったというのは、ヘスタスの、ディエモルガの槍のことでしょうね。

魔力が尽きた状態の槍が我が身に触れるんじゃねぇと必死に辺りを威圧していたのではないかな。

それで、俺の魔力を吸い込んだおかげでその威圧も引っ込めて落ち着くことができたと。

「ピュイ、ピューイ？」

ビーは言った。

特別な力は感じないと。

ビーの神様センサー的な何かは、同業者である神様センサーを感じ取る。プニさんが近くにいる時も、真っ先に気づくのはビーだ。しかしパオネの声からは神様的なものを感じないと教えてくれた。

かといってパオネのあの状態は、誰かがパオネの魔力を利用してパオネを操作している状況。第三者の魔力がパオネの魔力を包み込み、強引に介入しているようにも思える。

あれは操るほうも、魔力を受け取るほうも、両者共に魔力と体力が必要になる。

杖なしで歩けるようになったばかりのパオネにとって、あの魔力消費は苦しいだろうに。

俺ならあんな魔法の使い方はできない。相手を意のままに操るような魔法は、相当高度な魔法知識と大量の魔力が必要となる。やろうと思えばできてしまうかもしれないが、やりたくないのが本音。

それにあれは遠隔からの魔法。

俺の探査魔法に強い魔力を持った第三者は捕らえられない。神殿全てを探っても見つからない。

「ピュピュピュ、ピューピピピ」

ビーは神殿の奥に聳え立つ赤い塔がある方角を指さした。

あの塔から力を感じると。

「やっぱり気になるよな。聖なる塔だから俺たちは近寄っちゃいけないけど、調べたくなるよな」

「ピュイ」

そもそも赤い塔は封印されていると聞くし。

何年前か何百年前か、それよりもっともっと大昔のことになるのか、塔はいつの間にか封じられていた。

文献で調べるにしても、神殿に残された文献はほとんどがマティアシュ領からの交易品であり献上品だし、神殿独自で記した歴史書は途中からパジェイリーア家によって捏造《ねつぞう》されている。

そのパジェイリーア家の歴代当主の日記は、量こそあるものの事務報告と家に関することばかりで、何年の何月にこんな事件がありましたよ的なことは記されていない。

ともかく封印はされているが、唯一ルカルゥだけが塔に入ることを許されている。

それがルカルゥを神の子とする所以なのだろうけど。

祝詞の大合唱が終わると、パオネが急に気を失った。パオネが浮遊座椅子から落ちそうになるのをファドラが受け止めると、慣れた手つきで浮遊座椅子の背もたれを傾けた。あの椅子にもリクライニング機能がついています。

「巫女が神の声をいただくというのは、あのように神秘的な儀式になるのか」

ブロライトが感心したように言うと、クレイも深く頷く。

スッスはルカルゥとザバと共にパオネの傍に行き、水筒やらごぼうサラダ入りの握り飯などを差し出してパオネの体力回復に協力していた。

しばらくパオネは意識を失っていたが、それもわずかな間だけ。

額の汗を白装束たちに拭われながら俺たちを手招いた。

『パオネさん、大丈夫？』

キヴォル語で話しかけると、パオネは顔色が悪いまま頷く。

『神はわたくしにお命じになられました。赤き塔の頂にて裁きの子を、待つ、と』

『裁きの子？』

『ええそうです。ルカルラーテ……いいえ、ルカルゥ様は唯一神の御許に赴くことが叶う子なのです。ゆえに、我らは神の子とお呼びしております。ルカルゥ様は我らキヴォルの民より失われた祝福を取り戻すことができる子なのです』

『失われた祝福?』

『我らキヴォルの民は神からの祝福を失いました。太古の昔、神の知古であったエンヴァルタス・ラティオを滅したあの時から』

おうふ。

知っている単語が出てきたぞ。

ラティオってアレだろ。確か、デルブロン金貨の材料になった、エンヴァルタス・ラティオっていう竜。いや、ブロライトが教えてくれたのはエンヴァルタス・ラティオは「竜の血」という古代キヴォル語だ。確か竜をルタスと呼ぶんだ。

でも俺がブロライトに聞いた話だと、暴れ竜だったから討伐したって。それで、討伐したことを忘れないようにその黄金の血を金貨に加工したと。

『エンヴァルタスっていう竜は、神の友達だった?』

『そのように文献には記されております。ですが、わたくしよりずっと以前の巫女が仰っておられたことがあります。エンヴァルタスは神の弱さに付け込んだ邪竜であると。古き文献にそう記されていたものを読んだらしいのです』

『それじゃあ、その古い文献をもう一度読むことができれば……』

『ですが、王政を廃した際に古き慣習に囚われぬようにと、キヴォルの歴史を綴《つづ》った文献はほとんどが塔に秘されたのです』

『塔。あの、赤い？』

『左様でございます』

『なんで秘しちゃったの』

『…………パジェイリーア家が』

『あちゃー』

それならば、塔を封印したのはパジェイリーア家ということになる。

国の歴史が記された本を隠したということは、パジェイリーア家にとって不都合になるようなことが書かれてあったのだろうか。

ラティオの竜は神の友達。

だけど、邪竜として討伐された記録もある。

エンヴァルタスの黄金の血で造られたデルブロン金貨が存在するので、過去にその竜が存在していたのは間違いない。

俺がパオネとの会話をクレイたちに訳すと、クレイはなんてことないように「ならば塔へ行けば良い」と言った。

「いやいや、塔そのものに入れないんだってば。封印されているんだって」

「お前ならば封印も破ることが叶うのではないか？」

「そうじゃ。誰が封じたかはわからぬが、タケルの出鱈目《でたらめ》な魔力があれば塔の一つや二つ、壊すことなぞ容易いのではないか？」

物騒なこと言うんじゃないよ。

クレイもブロライトも、俺のことを何だと思っているのさ。

島の象徴たる塔を壊すだなんてとんでもない。トルミ村との交易交渉は諦めていないんだから。

港町ダヌシェでは扱われていない海産物が欲しい。昆布巻き食べたい。

『塔は神聖なる場所でございます。大恩ある皆様が望むならばご案内させていただきたいのですが……塔の封印は何人《なんぴと》たりとも解除することができないのです』

「それならば蒼黒の団の皆様がなんとかしてくださるかもしれませんことですよ！　なんせワタクシとルカルゥをお助けくださいました素晴らしき地の子ですから！」

申し訳なさそうに頭を下げたパオネに、ザバはぬるりとパオネの首に取りついて捲し立てた。

「それに、それにですこと、タケル様はクラルゾイドをお求めなのでしょう？　それならばならば、塔にはクラルゾイドがたっぷりとあると思いますのでございます！」

なんですと。

クラルゾイドは珊瑚の化石が大量の魔素を吸い込んで作られる魔石。

「塔は数百年もの間封じられていた場所ではございますが、なんとかかんとかして、どうにかこうにかしたらタケル様は開けると思うのです」

「なんとかかんとかしてどうにかこうにかするって、まったく意味がわからないんだが？」

「鍵をどうこうするのです。ワタクシも詳しくはわからないのでございますですこと……」

鍵。

鍵？

塔に入るための鍵のことか？

それじゃあ鍵を探すことから——

「あ！」

最近その言葉を聞いた！　トルミ村を発つ前、プニさんが言っていたのだ。

確か、俺の魔力に染めてこその鍵、って。

俺は鞄の中に腕を突っ込み、奥底にしまっていた鍵を取り出した。

そう、導きの羅針盤だ。

真紅のクラルゾイドから魔力はまだ失われていない。

ファドラたちの出会いと目の前に島が見えていたことで目的を遂げた俺は、導きの羅針盤を鞄の底に保管したのだ。壊さないようエステヴァン子爵に返却しなければならないからだ。

「タケル、導きの羅針盤を如何する」

「コタロ、じゃない、ええと、導きの羅針盤が示していたのは空飛ぶ島だった。ファドラさんが島へ案内してくれた時には羅針盤の機能を停止してしまったから、羅針盤は島のどこを示していたのかはわからないままだった」

クレイは俺の説明を聞きながら羅針盤を眺め、なるほどなと頷いた。

俺は羅針盤に魔力を込めて起動させると、羅針盤全体がぼんやりと赤い光を纏う。

そして。

——南東に向かうのだっ！

コタロの元気な声が脳内に響いた。

「やっぱりそうだ！　羅針盤は南東に向かえって言ってる！」

やはり羅針盤の目的地は空飛ぶ島だけではなかった。空飛ぶ島にある何かを目指すように作られていたのだ。

ここから南東ということは、港のある桟橋じゃないよな。リステイマーヤの館でもない。

その場所とは。

15　赤い珊瑚の塔（休眠中）

「高いっすねぇ……」

巨大な巨大な珊瑚は空を突き破りそうなほどに高い。

塔の上部には雲がかかり、その全容は地上からは見えなかった。

導きの羅針盤が指し示すその先に赤い塔は聳え立っていた。

――目的地到着っ！

コタロの元気な声が頭の中に響くと、羅針盤はシュンッと音を立てて停止してしまった。

久々にコタロの声を聞いたものだから、会いたくなってしまった。弟のモモタにも。ユムナは元気にしているかな。

「おいら、こんな高い建物は生まれて初めて見たっす……首が痛くなるっす……」

スッスが塔のてっぺんを眺めながら感心するが、ブロライトは首を傾げる。

「其方《そなた》、エルフの郷に未だ来ておらぬのだろう。我が郷の大樹ゴワンはもっと大きいのじゃぞ」

「本当っすかブロライトさん！　ひえええええっ、この塔みたいに大きな木なんてあるんすか！」

「ふふふん。スッスよ、事が片付いたら郷に招くぞ！」

「よろしくおねがいしまっす！」

エルフの郷の王宮でもある大樹ゴワンは確かに巨木だった。オゼリフ半島にある古代狼オーゼリフの縄張りにある王様の木も巨木だった。

しかし、あれは木じゃないか。巨木はマデウスでは珍しくないし、森の奥へ行けば行くほど圧倒的な高さの木なんて何本も生えている。

君たち理解している？　これは、珊瑚！　珊瑚は動物！　そのうえ、この塔の珊瑚自体「休眠中」って調査《スキャン》結果が出たから、これまだ生きているの！

と、俺が叫んだところで珊瑚の生態から説明しないとならないのでやめておく。そのうちこの巨大珊瑚動きだすかもしれないけども。

導きの羅針盤が赤い塔に入る鍵だということがわかり、俺たちは塔の内部へ入る許可をパオネから得た。ルカルゥを塔のてっぺんへと連れて行かなければならないからだ。

「わたくしのこの身体ではルカルゥ様をお連れすることは叶いません。それに、文献によると塔の内部は狭く、我ら有翼の民が誇る翼で昇ることも叶いませんこと。ですから、何卒、何卒ルカルゥ様を神がお望みになる御所へとご案内いただけませぬでしょうか」

『できることならば我らレ・ナーガがお供をするべきなのだが……』

パオネに続いてファドラたちも頭を下げる。

俺たちは各自持ち物や装備の確認をしてから互いに顔を見合わせて笑った。

「詫びる必要なぞないのじゃ！　こういう危険な真似は我ら冒険者に任せておけば良いのじゃ！」

「我らは場数だけは踏んでおるからな。狭き場での連携も経験しておる。任せておけ」

「ルカルゥとザバはおいらたちが絶対に守るっすよ！　ご飯もちゃーんと食べるっすから、安心してくださいっす！」

「ピュ！」

ブロライトは胸を張り、クレイはハムズを纏わりつかせながら苦く笑い、スッスはいただいた海産物を巾着袋に詰め込みながら笑った。

俺は鞄の中に馬車があることを確認し、どこかの空でも飛んでいるのだろうかと戻ってこないプニさんを少しだけ案じた。

まさか塔のてっぺんで待っていたりしないよな？　オーゼリフの時みたいに、魔素を浄化するとかなんとか言って、待っていたりしないよな。

俺は塔の入り口らしき巨大な扉の前に立つと、導きの羅針盤を両手で持って再度魔力を込めた。

――目的地到着っ！

いやそれわかっているから。コタロや、いや羅針盤よ、この塔に入るために俺は何をすればいいかな。

羅針盤に語り掛けるように目を瞑りながら問うと、羅針盤の中央にある赤いクラルゾイドが輝きを増した。

「ぽぅ！」

思わず変な声出た。

だって、真っ赤だったクラルゾイドが真っ黒に変化してしまったのだから。

どうしよう！　これエステヴァン子爵に返却する予定なのに！

俺が慌てていると、羅針盤は俺の手から離れビタンッ！　と音が鳴るほど扉に追突した。追突したというかへばりついたというか。

羅針盤は扉の中央にへばりつくと、黒いクラルゾイドから八本の触手がウネウネと伸び始めた。

「きんもちわる！」

再度叫んでしまうと、黒い触手は扉の隅々までギュンッと勢いよく伸び。

扉に隙間なくべったりと張り付いた。

赤い塔の赤い扉にウネウネ蠢く黒い触手……これはとても気持ちが悪い。

誰だこの羅針盤を塔の鍵にしたやつ。せめて扉に張り付いた触手は動かないでくれ。

この場で固唾《かたず》を呑んで見守っていたパオネたちも、触手のウネウネに怯えている。

巨大な扉は触手のウネウネがまるで押しているようにも見え、そうしてゆっくりと扉が開いて行った。

――いちばん上を、目指すのだっ！

コタロの声が響いた。

羅針盤は扉に引っ付いたまま。だけど塔の上を目指せと導いている。

扉の中は真っ暗で、昼間なのに光が一つも差し込んでいない。

それから扉が開いた瞬間に、いつか感じたことのある湿気《しっけ》が溢れ出た。これはエルフの郷で経験した、濃い魔素が停滞している証《あかし》。

「……魔素濃度が高いのじゃな」

ブロライトの顔つきが変わった。

「各々結界魔道具を起動させよ。魔素濃度が高いと急性魔素中毒症に陥る」

クレイが甲冑の装飾品の一部になっている結界魔道具を起動させた。

「急性魔素中毒症……無理やり魔素を吸い込んで、具合が悪くなるっていう病気っすね。す、起動《スタート》」

スッスがたじろぎながらも鉢金《はちがね》の装飾品の一部になっている結界魔道具を起動。

ブロライトも耳飾りの一つを掴み、結界魔道具を起動させる。

皆、俺が作った魔道具を当たり前のように使ってくれるのが嬉しい。

「ピュイーィ？」

「うん。俺は大丈夫かな。このくらいならちょっと気になるくらい。皆のサポート……ええと、補助に回れる」

ビーに気遣われたが、俺は魔素を吸収して浄化する能力がある。ビーの親であるボルさんも、俺の特殊体質のおかげで救うことができたのだ。

エルフの郷は広大すぎて魔素浄化が追いつかなかった。だから魔素吸収魔道具を作ったのだが、この塔にも作るべきだろうか。あの派手なミラーボール。

ともかく塔のてっぺんを目指さなければ。

それぞれに顔を見合わせ、クレイが頷く。

「タケル」

「準備万端。馬車を広げる場所がなくても、浮遊板があるから安心」

「ブロライト」

「大槌が振り回すことのできるくらいの広さは欲しいところじゃな。わたしはいつでも戦えるぞ」

「スッス」

「食材は半年分以上あるっす。兄貴が持っている馬車の食糧庫にもたくさん魚を入れてもらったっす」

うんうん。スッスの言う通り、ファドラに巨大マグロを五匹ももらってしまったのだ。他にも生け簀の好きな魚を選べとか言っちゃうもんだから、俺はタコと鯖《さば》とサンマと鯛を遠慮なくいただいた。クレイに欲張るなと言われたが、新鮮刺身を食べたいだろうと真剣な顔で言ったら黙った。ついでに海藻もたっぷりと採取させてもらったのは言うまでもない。

「どうか、どうか、ご武運を。ルカルゥ様を、無事お届けくださいませ……！」

パオネが浮遊座椅子から降りて膝をつこうとするのを双子のモフィとモーラスが必死に制止する。白装束たちもわらわらと集まり、パオネを浮遊座椅子へと座り直させた。パオネが無茶をしそうになったら、こうやって気遣ってくれる人たちがいる。

パオネが祈りに夢中になったり、歩くのに夢中になったり、食事を取らなかったりしないよう気をつけてもらう。

ルカルゥが心配なのはよくわかる。

だが、ルカルゥが座る浮遊座椅子は特別製だぞ。俺たちの中で誰よりも安全な場所にいるのはルカルゥとザバと言っても過言ではない。トルミ村過保護軍団の作り上げた、絶対防御の攻撃はね返す浮遊座椅子。魔法攻撃だろうが物理攻撃だろうが、威力を増幅してはね返すのです。お子様が座る椅子にしてはちょっと怖いくらいの魔道具だ。誰が考案したんだこの座椅子。そうです俺です。

ルカルゥとザバは見送りに来ていた信徒たちに笑顔で手を振った。信徒たちは全員不安そうだが、それでも笑顔で手を振り返していた。

互いに大丈夫だよと言い聞かせるように。

「俺が先を行く。ビーは警戒を頼む。次いでブロライト、ルカルゥ、スッスの順。タケルは殿《しんがり》」

「ピュイ！」

「任せるのじゃ」

「了解っす！」

「ほいほい」

クレイは太陽の槍を構え、警戒しながら塔内部へと入った。

＋　＋　＋　＋　＋

最後尾の俺とビーが完全に塔の内部へと入ると、扉は自動的に閉まる。あの黒い触手がウネウネと内側にまでへばりつき、まるで俺に手を振っているかのような動きをしている。やだやめて。

導きの羅針盤で扉を開けたからか、ルカルゥを同行させているからかはわからないが、俺たち一行は招いたくせに、他は招かないようだ。

塔に意思があるのか、それとも羅針盤の意思なのか。

「ちっちゃい灯光《ライト》」

灯光《ライト》を出すと魔素濃度のせいで眩しくなってしまうので、小指の先ほどの光を作り出す。

案の定、僅かな魔力を放っただけなのにちっちゃい光は眩い光に変化した。

塔の外側はあれだけ鮮やかな赤色だったのに、内部は真っ黒。

壁際に螺旋階段が続いているが、年季が入りすぎてところどころ欠けている。でも壁には海藻や珊瑚が生えていた。色鮮やか。

あれも食用か？　もずくはないか。もずく。

ちっちゃい光を追加で十個ほど作り、塔の内部を明るく照らす。

螺旋階段ははるか上部へと続いており、天井は闇に包まれて見えない。空気は淀み、高濃度の魔素が停滞している状態だ。

こういった場所には自然発生するんだよな。モンスター。

探査魔法を制御しつつ範囲を広げていくと、螺旋階段の上にワラワラと反応あり。

つまり、てっぺんを目指すには階段のお掃除をしつつ上らないとならないわけだ。

爆撃魔法を中央にぶち込んだらモンスターは一掃されるだろうけど、塔ごと破壊されるだろうな。この魔素濃度だもの。

「ピュイッ！」

ビーの最速警戒警報。

俺たちの誰よりも優れているビーの警戒警報のおかげで、俺たちは慌てることなく即座に戦闘態勢に移れる。

「タケル！」

「はいさ！　ええっと、メタルアントが六匹、ランクはBより強め！　大蝙蝠が三匹！　これは地上のと一緒！　それから」

モンスターの情報を伝えていると、白くてグニャグニャした歩くイソギンチャクが現れた。壁に張り付いていた海藻に紛れていたのだろう。

「皆様！　あれはポンポンジャクでございますこと！　なにゆえ歩いておるのですかっ！　おおおおおおそろしっ！　おそろしやあぁぁ！」

ルカルゥが浮遊椅子の上で怯え、ザバがルカルゥを守るように顔面に取りついて叫んだ。

ポンポンジャクとはルカルゥの穢れ払いと称して鞭打っていたアレか！

ということはイソギンチャクでルカルゥのことぶっ叩いていたの？

【ポンポンジャク亜種　ランクD】

高濃度魔素により変異した歩くポンポンジャク。

棘には毒があるが、刺された箇所を水で洗い落とせば解毒可能。

煮ると棘が自然と落ちる。食用可能。独特の食感は煮物に最適。野菜との相性も抜群。

備考：足を切り落とすと絶命する。


なんですと。

弱い上に毒素も少ない。

しかも食用可能？　調査《スキャン》先生が煮物に最適ということは、もしかしたら俺が知っている食材なのか？

ともかくルカルゥの心的外傷《トラウマ》を呼び起こすわけにはいかない。

俺はなるべく細切れにならないよう、採取用のナイフで足を一突き。俺も少しだけなら魔法以外での攻撃ができますよ。

「タケル！　その白い奴は任せられるか！」

クレイが槍をブン回して鋼より硬いはずのメタルアントを薙ぎ払う。クレイの大槍が振るえる大きな空間で良かった。階段も補強しつつ上らないと。

「ポンポンジャク亜種は食用可能！　煮たら美味しいってさ！　そこ足元注意！　修復展開《リペア》！」

わらわらと這い出てくるポンポンジャクは数こそ多いが弱い。足をプスプス刺していけばバタバタと倒れて息絶えた。ビーに頼んで俺の鞄の中にポンポンジャクを詰め込んでもらう。

「ピュピュー？」

「食える！　食えるものなら試してみるのが食材採取……いや、素材採取家！」

調査《スキャン》先生の結果が間違ったことはない。おまけに煮物に最適とまで断言なさる。それならば食ってやるぞポンポンジャク。変な名前しやがって。ルカルゥの仇《かたき》め。

ポンポンジャクの大きさは俺の膝より低い。一本足でウネウネと器用に歩き、複数ある触手を蠢かして毒針を刺そうと頑張る。

だがしかしそれを許すほど俺の戦闘能力は低くない。

クレイとブロライトとスッスが大物モンスターを相手してくれているので、俺はコイツに集中できる。ついでに壁に生えている海藻も調査《スキャン》。魔素含有量が酷く多いが、ごぼうのようにアク抜きならぬ魔素抜きすれば食べられると。なるほど。

「ピュイ！」

そしてまたビーの警戒警報。

階段の更に上部から複数のモンスターの反応。あ、嫌だでっかい蜘蛛《くも》。

俺たちはこういった次から次に襲来するモンスターとの戦闘には慣れに慣れまくっている。ダウラギリクラブの養殖場ではもっと多くの数を相手にしているからな。

昆虫系のモンスターが多いのは、塔の隙間から入ってきた小さな虫が魔素によって進化し、巨大化し、狂暴化したからだろう。素材としては高値で売れるが、見た目が気持ち悪くて俺は苦手というか嫌いだ。

俺が昆虫型モンスターを苦手としていることを知っている有能なる仲間たちは、殿の俺に攻撃が向かわないよう瞬殺してくれていた。素敵。

攻撃しながらも素材の回収に走り回るスッスの動きが素早すぎる。

「タケル様、タケル様、そのようなおぞましきものを拾って集めて如何するのですか？　ルカルゥもワタクシもポンポンジャクは嫌いでございますですこと」

「そうだよな。こんなので叩かれたら痛くて痛くてたまらないよな。だけどなルカルゥ、ザバ、これは、実は食える」

「なんと!?」

「!!」

俺たちがのんびりとポンポンジャク談義をしている最中、ブロライトは軽やかに飛び跳ねて大蝙蝠の首を一太刀。スッスもクナイのような投擲《とうてき》武器を投げては痺れクラゲに命中させていた。

俺も壁から生えている昆布やワカメを採取したり、よちよち歩いてうねうね攻撃してくるポンポンジャクを成敗しながらルカルゥの浮遊座椅子を引っ張る。

スッスが取りこぼした蟻《あり》やらバッタやらの残骸を素材別に鞄へ収納。昆虫モンスターの爪は硬いので、そのままナイフに加工することができるのだ。

階段の後ろからモンスターが攻めてくるかもと警戒はしていたが、何故か階段の上からモンスターが湧いてくる。

塔のてっぺんに招いたのは神様のくせに、塔自体は俺たちがてっぺんへ向かうことを拒んでいるようだ。

もしもこれが塔を上るための試練だとしたら、甘いというか中途半端なんだよ。

常闇のモンスターのようにわちゃっと来るのは困るが、バリエンテの大穴《おおあな》のほうがモンスターの数は多かった。地下墳墓《カタコンベ》の試練のほうがいやらしいというかエグいというか、試練ぽかった。

いやいや、俺の感覚が麻痺しているのかな。今も巨大なクワガタみたいなモンスターが五匹階段上から下りてきた。ランクはAに近いBクラス。町の近くに出没したら、百人近くの隊を組んで討伐に赴くレベル。一匹でも災害級なのに、それが五匹。王都の騎士団なら五十人規模の一個小隊。トルミ村のエルフとユグルの警備隊だったら……五人？

そんな脅威をクレイは眉間を槍で一撃、ブロライトは脳天を一撃、スッスは一撃で倒せないまでも、弱点である腹に潜り込んで動きを鈍くさせている。

俺は全員に補助魔法を放つこともなく、ルカルゥを守りながら素材採取。光源だけは絶やさぬよう、魔法制御と魔素の濃度中和、ついでに毒まみれの珊瑚が壁から突き出たところに氷結魔法で珊瑚を砕き、階段を歩きやすく修復していく。

我ながら蒼黒の団の連携は見事だと思う。

他の冒険者チームを知らないから何とも言えないが、異種族で構成されたチームは不利になると聞いたことがある。種族間の価値観の違いが激しく、なかなか長続きしないという。長続きしているチームもあるけれど、とても少ない。

だがしかし、俺たちは互いに互いを尊重し、尊敬し、悪いところがあれば指摘をし、それを直し(俺の場合直せているか不安ではあるが)、共通の趣味「美味い飯を食う」で一致団結することができる。

だがしかし、そろそろ休憩しない？　もうだいぶ上ってきたような気がするんだけど。

道標《みちしるべ》のように置いてきた魔法の光が、螺旋階段をぼんやりと照らしている。ビルで例えれば確実に二十階ぶんは上っている気がする。

ユグドラシルの杖を構え、少しだけ魔力を込めて集中。

あまり広範囲にならないように、休憩できる空間ぶんの分厚い結界を。

俺が結界を展開したことに気づいたスッスは、真っ先に結界内に入ってきて俺にモンスター採取用の魔法の巾着袋を差し出した。俺はそれを受け取り、新しい巾着袋をスッスに手渡す。

「休憩っすか？」

「そう。連戦を始めてからかなり階段を上っている。少し休んで、ちょっと試食をさせてもらう」

「試食っすか？　何か新しい食材を見つけたんすか？」

スッスの目が輝いた。

俺は鞄の中に腕を突っ込み、巨大な絨毯を取り出す。絨毯の下にびっしりと浮遊魔石が縫い付けてある、特製空飛ぶ絨毯休憩所。

この絨毯があれば泥の上だろうが湖の上だろうが、ゆっくりと腰を下ろして休むことができるのだ。ちょっとだけふわふわするので、固定するために浮遊絨毯の上に板を挟み、更に絨毯を敷くこだわり。

まだまだ戦い足りなさそうなクレイとブロライトを呼び、軽食の準備。

温かなお茶と山盛りの大判焼きとブラウニーのような焼き菓子を取り出すスッスの横で、俺は採れたてのポンポンジャクを取り出した。

ルカルゥがビクリと身体を震えさせたので、なるべく見せないようにルカルゥに背を向ける。

まずは鍋に水を入れ、炎の魔石を入れて一瞬で沸騰させる。ポンポンジャクは一本足だけど上部はまるでイソギンチャク。クマノミが隠れていても驚かないフォルム。

細かな棘が付いているので、菜箸で掴んで触手をハサミで切る。太いトコロテンのような見た目になったが、これを沸騰した鍋に入れる。

鍋の中で触手はあっという間に灰色に染まり、小さな棘がボロボロと外れた。

棘が全て抜け切ったのを確認すると、お湯から一本だけ出して更にハサミで細かく切る。

菜箸で掴んだ感触は、弾力のある餅のよう。だが、伸びない。

「タケル様、タケル様、本当にそれを、そのおぞましいものを食べられるのですこと？」

ザバが慌てて身体をぐにょぐにょ蠢かせるが、調査《スキャン》先生が食えるって言っているのだから俺は疑わない。

食えるのならば、食う。

見た目と味次第ではあるけども。

「怖いものはさ、怖くないものに変えてしまえば良いんだ」

これで打たれた時は痛かったろう。辛く、苦しかっただろう。

だがしかし、俺がその記憶を変えてみせる。

あれは怖くはない。ただの食材だって。

続いて鞄の中から出したのは特製醤油タレ。

一口大に切り分けた灰色のポンポンジャクを、醤油タレにつけて口に入れる。

「あああっ……！」

ザバの悲鳴とルカルゥの制止する手が必死に俺のローブを掴む。

この独特の食感。

確かな歯ごたえと、細胞に刻まれた記憶が一気に目覚める。

黒いテンテンはないけれど、見た目も味も全く同じ。

「うん、美味い」

世界遺産である群馬県の富岡製糸場に行ったついでに食ったんだ。
あの時のほうが味は美味いが、食感は同じ。
そう。
ルカルゥを泣かせ、恐怖を植え付けたポンポンジャク。
その正体は――
「こんにゃく美味い」

＋＋＋＋＋

赤い珊瑚の頂上に何があるのか。
何故ルカルゥを連れて行かなければならないのか。
有翼人が崇める神、ルージェルラルディアの正体とは。
いつまでも戻ってこないプニさんの行方《ゆくえ》。
気になることはたくさんあるけれど、まずは喜ぼう。
こんにゃくを発見したことを。

番外編

魔法の巾着袋

MATERIAL COLLECTOR'S
ANOTHER WORLD TRAVELS

「タケル、あの巾着袋を売らぬか？」

「へぃ？」

久々の休日を満喫していた昼下がり。

昨日に続いて今日もトルミ村に来ていたアルツェリオ王国大公閣下は、宿屋の軒下にある休憩場所でお茶を飲みながら読書を楽しんでいた俺に言った。

とっても、素敵な笑顔と共に。

「巾着袋……？　ああ、手芸隊が作ってくれた携帯用巾着袋ですね」

「いいや？　ユグルが手伝った巾着袋だ」

グランツ卿の笑みが深くなる。

ちっ。

誤魔化されてくれなかったか。

まだまだ秘匿したいっていうのに、どこから情報が漏れたんだ？　リルウェ・ハイズか？　いや違う、あれだ！　先日の王国騎士団との合同コルドモール討伐戦の時か。

コポルタたちに魔法の巾着袋を持たせていたからな、あの時に露見したのだろう。

あの巾着袋は特別製だから、誰かに譲ってくれと言われても絶対にあげちゃ駄目と言ってはいたけども。

秘匿したいのなら使わなければ良いとクレイに言われたが、だって少しでも多くのモンスターの素材を回収できたほうが得だろう？　せっかくコポルタたちが張り切ってくれたんだから。

グランツ卿の（見た目だけは）人の好い笑顔で「それは何かな？」と問われたら、コタロは「これはタケルがくれたのだ！　魔法の巾着袋なのだぞ！　なんでもたくさんいっぱい入るんだぞ！」なんて胸を張って答えたに違いない。きっとそうだ。コタロたちは決して悪くない。好々爺《こうこうや》のふりして質問したグランツ卿が悪い。

「あれはまだ秘匿しておきたいんですけどもぉ」

俺が不貞腐れながら言うと、グランツ卿は俺が食べていた焼き菓子を一つつまんで口に放り込む。いやだから、大公閣下は立場的に毒見とか必要でしょうよ。無防備に人が食っているもん食うんじゃないよ。

「騎士たちがあの袋は何だとうるさく言うのだ。特に竜騎士団団長の彼奴《きゃつ》がな」

「ああ……トルメトロ竜団長なら欲しい欲しいって叫んでいましたっけ」

黒獅子の雄々しい竜騎士はトルミ特区建設予定地で行われたコルドモール解体に参加し、結界魔道具と解体用ナイフが欲しいと強請《ねだ》ってまんまと手に入れていた。

おかげで王都の王宮内に複数の湯殿が建設されることになったので良しとはしたが、巾着袋はさすがに断らせてもらったのだ。

竜団長という立場的に問題なのだ。何をしたってどうしたってあの人は目立つ。きっと解体用ナイフもこれみよがしに腰にぶらさげるだろうし、巾着袋だってそうするだろう。

王都や王宮内でそれが悪目立ちしたら、トルメトロが公言しなかろうとも出所はあっという間に明かされてしまう。

そもそも魔法の巾着袋を作ろうと思ったのは、俺の鞄が破壊されてしまったあの恐怖の出来事が発端だ。

大量の食材も腐らず保管できる俺の鞄は相変わらず優秀で、一度壊してしまってからは更に大切にメンテナンスするようになった。革製品っぽいから時々革製品専用の高級オイル塗ったりね。

今までは俺の鞄に一括して食材を保管していた。

しかし、件《くだん》の俺誘拐事件、そして鞄破損事故にて俺の鞄一つに食材を纏めてしまうのは面倒かつ問題であることが露呈。

二度と鞄が壊れるような真似はさせぬ、絶対に油断はしないのじゃ、おいらにも持てるだけの荷物を持たせてくださいっす！　ピュイーピー！

という心強い仲間の進言により、本格的に魔法の鞄製作に着手した。

騎士団との演習で使った巾着袋は試作品であり、トルミ村の住人専用。主に村の外に出て狩りや素材採取する人が交代で使っている。

「マジックバッグが普及すれば流通の便も良くなるし、王国の発展に繋がることはわかるんです。ですけども、今のところ量産体制は整っていません。巾着袋は手芸隊の手作り。糸も布も全てが特別製で、完全なオーダーメイド……えっと、特注品ってやつなんです」

手芸隊とは手芸が得意、もしくは手芸を趣味としていた人たちの集まりだ。

手芸を生業《なりわい》としていた村民エリザが隊長となり、魔法の巾着袋は作られている。

糸と布にはユグル魔法研究隊が発明した魔糸と魔布を使用。魔糸は蚕《かいこ》に似た巨大ダンゴムシが吐き出す糸であり、その糸を魔力で洗い、強度を上げ、更に魔力を込めて色までも変化させるという恐ろしく面倒な工程を重ねているのだ。魔力で洗うって意味がわからなかったけど、魔力を強めた水魔法で糸を洗うという意味らしい。

魔素水は濃度が濃すぎて上手く扱えないそうだ。

布はレインボーシープの毛と何らかのつるつるとした毛を重ね、編み込んで作り上げる素晴らしく洒落《しゃれ》た柄の布。毛糸のもふもふと天鵞絨《てんがじゅう》、ビロードやベルベットのような肌触りの光沢のある生地を合わせ、持ち主の個性を表している。

刺繍は手が空いているエルフに任せた。エルフは木工細工が得意だが、もともとの手先の器用さを生かして刺繍も得意としている。複雑で美しい刺繍が施された巾着袋は、オブジェとして飾られても良いほどに美しい造形をしていた。

俺は鞄があるから巾着袋はいらないと言ったのだが、試供品であるからこそ使い心地を教えてほしいと押し付けられてしまった。

俺専用に作られた巾着袋の黒革の底には金糸で描かれたエルフ族が好む独特の唐草模様。布との境目にはコポルタ族が着ている服のアクセントに似た太い毛糸のバッテン模様。布は青の毛糸と黒の天鵞絨。俺のイメージって髪の毛の黒と目の青なのだろうな。

巾着の底部分の革はウォグレイバが使われている。ウォグホーンという獰猛な魔牛の革のことで、それを利用することで強度を増しているようだ。どうりで食堂の日替わり定食のメインがウォグホーンのステーキやら焼き肉が多かったわけだ。

他にもイノシシや豚や鹿の革を利用しているのだが、魔牛革が一番魔力の伝導に都合が良いらしい。

「まずはトルミ村の住人に利用してもらい、外に出すのはそれからですね」

「うむ。儂《わし》も投資をすると言うたら多少は早まるか？」

「資金は潤沢にあるので結構です」

グランツ卿が魔法の巾着袋——マジックバッグの流通を急かすのには理由がある。それはわかる。

だがしかし、魔法の巾着袋に空間魔法と維持魔法を付与するのはユグルの魔法研究隊の面々。

ユグル魔法研究隊は恐ろしく研究熱心であり、あれはなんというか……マッドな危うい匂いがする連中だ。トルミ村郊外の地下に秘密の魔法研究施設を建設したのだけど、時々謎色の煙が出ているのは気のせい。煙が出ちゃっているから秘密の研究施設が秘密ではなくなっている。

複雑な魔法陣が内側に描かれた生地に状態維持の魔石を魔法糸で縫い付けた試作の袋の開発にユグル族が成功したことにより、蒼黒の団は全員が魔法の巾着袋を所持できるようになったのだ。魔法糸にはミスリル魔鉱砂がほんの少しだけ使われている。

試作品を作製し、ぼんやりとしたイメージを伝えただけで魔法の巾着袋を完成させてしまうユグル族、凄い。

形状は巾着袋に拘らなくても良いのだが、何故だか俺が作製した試作品の巾着袋のフォルムが良いらしい。肩掛けができるようにショルダータイプと腰ベルトに装着するタイプと背負えるバックパックタイプがあるよ。バックパックタイプはベルトで身体に密着するので、腹側に抱えるのも可能。

一つの魔法の巾着袋に魔法付与を施して完成させるまで、十日以上かかる――ということにしている。本気を出すと三日あれば一気に三十袋に魔法付与できることは黙っておく。

巾着袋が量産できると知られるわけにはいかない。ユグル族は平気で無理をするから。

注意しておかないとユグル魔法研究隊は平気で三徹とかするので、一日の研究室稼働時間は厳しく決めている。それは服飾隊や木工細工隊、鍛冶部隊も平気で仕事し続けるので朝昼晩の休憩と食事は必ず取らせるようにしている。夜中でも仕事をしていたら、コポルタ隊に寝ろ寝ろ攻撃を許可している。作業場にコポルタ族が乱入して走り回るだけの妨害だが、これが利く。なんせ走り回るだけでも可愛いから。トルミ村でブラックな仕事はさせませんよ。

人海戦術で作ることも考えたが、ユグル族が何日もかけてやっとこさ完成させた付与魔法を真似されるのは嫌だ。簡単に真似できるような魔法ではないことはわかるが、アルツェリオ王国内ならばともかく、こういう珍しい品は諸外国に行くだろう？　そこで解析させて量産されたらなんというか腑に落ちない。

必死こいて作り上げたものを盗んで我が物顔で売る奴が許せないのだ。

魔法解析をしようものなら巾着袋が吹き飛ぶ仕様なので、安心して研究すると良い。

吹き飛ぶと言っても爆発ではなく、巾着袋が吹き飛ぶように全て解体されるだけです。

「ならば国内に限り、儂が購入者の面通しをし、所持する者を選べば良いのではないか？　鑑定士《アパルスター》のアクセリナも同行させよう」

「それなら……安心かな？　ベルカイムからトルミに来る行商人が巾着袋を持っていたら、香辛料の補給が増やせるか」

「まずはトルミの商人コルウスに試させよう。信用のおける行商人ならば命に代えてもこの袋を守ってみせるだろう」

「命に代えたら駄目ですよ。命を優先してくださいよ。それから冒険者も忘れないでくださいね。商人より危険なのは冒険者ですから」

「ふふ、そうだな」

そうしてトルミ村で作られた魔法の巾着袋、空間収納巾着袋――通称トグルバッグ（トルミ村でユグル族が作製した袋）と名付けてグランツ卿が贔屓にしている商会を通し、アルツェリオ王国内で試験的に販売が決まった。

本来ならばトルミ村があるルセウヴァッハ領の領主ベルミナントが贔屓にしている商会を通したかったのだが、ベルミナントは人がよいから人選は任せられぬとグランツ卿が断言したため、ベルミナントは諦めることとなった。

だが、四畳半ほどの収納ができる巾着袋をベルミナントに献上したら喜んでいたので許してくれるだろう。奥様との野外食《ピクニック》に使えると言っていた。仲が宜しいことで。

トグルバッグは大公閣下のお眼鏡にかなった人限定に販売されるというのだから、トグルバッグの購入門戸は狭い。

そもそも空間収納袋《マジックバッグ》は古代遺物《アーティファクト》として稀の稀の稀に出てくるものであるからして、恐ろしく貴重なのだ。一般の民は生涯お目にかかることもない品。

アルツェリオ王国内で確認されている空間収納袋は数個あるらしく、その一つは王家の宝物庫に緊急時の何かしらの物資を詰め込んだ状態で保管されている。

他にも有名な大手商会や、冒険者ギルドや服飾ギルドといった団体が所有しているらしい。

それゆえに、門戸《もんこ》が狭かろうが貴重な魔道具を確実に購入できるというのはありがたいなんてもんじゃない。希望者が殺到した。

見栄や自慢目的の購入者はお断り。大公閣下に賄賂《わいろ》を渡して優先的に購入させてもらおうという輩もお断り。

冒険者を優先し、あとは辺境の村や町を巡ってくれる商人に販売。販売相手の名前と所属先を明記してもらい、完全登録制にして不正転売を禁止。運送を生業としている人や、各ギルドへの販売も検討している。騎士団には販売という形ではなく、国からの支給品とした。騎士団全員にではなく、各小隊に一つずつ。モンスター討伐の遠征などに兵糧や調理器具を運ぶために役立てていただきたい。

販売価格は一つ五百万レイブとかなりお高いが、それなりに稼いでいる人っていうのはそれなりに礼節があり、それなりの常識を持ってくれている。おまけに販売元の商会の背後には大公閣下が控えているのだ。

これでも安価にしてもらったのだ。最初の価格設定は五千万レイブでした。

俺としては五十万レイブでも高いと言ったのだ。しかし、ユグル族が作りエルフ族が刺繍をしたのだから、付加価値を付けなければならないそうで。

容易に手に入ると思われるのは困るそうだ。ユグル族は巾着袋をぺぺっと安易に作っちゃうのだけどね。

トグルバッグには所有者の魔力を記憶させてしまうので、所有者のみ使用可能。

購入時に個人の魔力登録をするため、転売することができない。

巾着袋の底には所有者の名前を絶対に擦れない魔法の焼き印で記してしまう。

もしも購入したトグルバッグを盗まれたとしても、悪用することはできない。盗んでも意味はないですよ、盗んだ貴方が罰せられるだけですよ、という周知を徹底。

俺の鞄のように自動帰還機能はついていないのが難点。

高価な魔道具なのだから、みすみす盗まれるような愚かな真似はするまいとグランツ卿は笑っていた。

何故トグルバッグを冒険者優先に販売するのかというと、冒険者の死亡率を下げるためだ。

冒険者は素材採取やモンスター狩りをしているだけではない。長い旅路の商人を護衛したり、時には貴族の移動の際の護衛に駆り出されることがある。有事の際にも呼び出されることがある。

優しい雇用主ならば荷物を馬車に積みなさいと言ってくれるが、他人を見れば盗人と思え、という教訓があるマデウスにおいて初対面の人を信じる者はほぼいない。

ここで一般的な冒険者の装備品を紹介しておく。

武器。剣、盾、斧、槍、杖、弓、短剣、等々。

外套《がいとう》。野営の時の防寒、風よけ、寝具にもなる。

採取した素材を収納するための背負い袋。

モンスターや動物除けの薬や回復薬や、基本的な治療キット等。

飲み水を入れる水筒や水袋。

最小限の鍋や皿などの食器類。基本的にかったい干し肉と酸っぱい葡萄酒が食事なので、あまり鍋を使ったりはしないそうだけども。

高位冒険者チームには料理担当者が所属していて、料理担当ともなれば、包丁、大鍋、大皿、菜箸やトングやオタマも必要だね。

戦って料理もできる料理担当者が二人いる蒼黒の団は異質中の異質だろう。知ってる。

必要最低限の装備だけでも数十キロにはなるため、長時間の移動は困難になる。

急にモンスターなどが襲ってきたら、荷物を捨てて逃げる場合もあるのだ。そうなると、装備品は買い直し。

その損害は様々だろうが、依頼料がマイナスになる場合のほうが多い。

＋　＋　＋　＋　＋

「これを……俺に預けてくれるのか？」

試験導入販売が開始された頃、俺はトルミ村に移住してきた元冒険者Bランクの豹《ひょう》獣人、ガルハドに魔法の巾着袋をあげた。

俺は彼に恩があるので、ガルハドに一つ作ってくれないかなと五百万レイブ用意したのだが、俺が望めばいくらでも巾着袋を作ると断言されてしまった。発案者である俺の特権だとかなんとか。

製作者たちの厚意に甘え、ガルハドをイメージした豹柄の巾着袋を作ってもらった。

ガルハド用巾着袋の収納許容量は六畳ぶんくらい。

ガルハドは元冒険者だが、まだまだ現役でトルミ村のために食材《おにく》狩りをしている。

大物を仕留めた時などは大いに役立つだろう。

「獲物を収納するでも良いし、畑仕事の時に収穫したものを収納するのにも役に立つよ。一週間くらいなら収納したものは腐らないし、腐りにくい」

「いやしかし、これは……！　いくら俺でも、この袋がどれだけ貴重なものか理解しているつもりだ。それを、対価もなしに寄越すなど」

「対価？　えーと、アルナブ族が避難してきた時、真っ先に何を食べるか聞いてくれただろう？　あれ、すっごい助かったんだ。聞かれなかったら俺は気づけなかった」

「たったそれだけのことでか？　いやいや、お前は何を言っているんだ」

「え？　でも欲しいでしょこれ」

「ピュイ！」

ビーがもらっちゃいなよとガルハドの頭をぺしぺしと叩く。

ガルハドの目は俺が手に持つ豹柄の巾着袋から離れない。

「それじゃあ、トルミ特区ができたら新しくギルド支部が作られるらしいから、そこの職員になるのが条件っていうのは？　面倒くさい仕事が待ってると思うんだ！」

俺が最良のアイデアだとばかりに言うと、ガルハドは片手で顔を隠し息をこれでもかと大きく吐き出した。

「新たなるギルドへの打診は既に受けている。後進を育てるための教育係としてな」

「それなら丁度いいじゃないか。これは役に立つぞ」

「だがしかし……！」

トルミ特区に冒険者ギルドの支部が新たに作られることは決定済みなのだが、誰をギルドマスターにするか、副官は誰にするか、受付主任、事務主任、教育担当者、もろもろと数十人の人員が必要となる。

その人選が各種族間というか国同士の腹の探り合いになっているとは俺は全く知らなくて。

ガルハドは引退した身とはいえ優しいし強いし、首からメモ帳をぶら下げてまめにメモを取るくらい几帳面だから、ギルド職員として最適ではないかなと思ったのだ。幼い子供にも人気がある。冒険者ランクBだったから多少の危険には慣れている。初心者冒険者相手の指導員としたら最適任者と言えよう。

リザードマン、エルフ、ドワーフ、獣人、小人族、オグル族にもトルミ特区の新支部職員はスカウト済みだ。クレイの息子であるギンさんは双子を連れてトルミ特区への移住が決定している。ガルハドと同じく初心者指導員に就任予定。

トルミ特区内に人口湖と川を作ったのが決め手だった。思う存分釣りをすると良い。森を抜ければ遠いけど海もあります。

「トグルバッグは冒険者ランクAから所持が許されている。俺は、元Bランクだ」

「だけど指導者になるには必要だろう？　冒険者って大量の荷物を持ち歩かないといけないんだか

らさ」

「ピュー」

特に野営時の食材や調理器具は最低でも数十キロになる。

冒険者というのは基本的に自炊に慣れている。と、言っても野営中に呑気に煮込み料理をこさえている暇はない。呑気に飯を食っているのは俺たちくらいだとクレイは呆れていた。いや食事は何よりも大事でしょうが。

安全に野営ができる場は街道沿いにあり、森の中でも焚火の跡を探せば比較的安心して休める。冒険者や村々を移動する商人などがよく利用するため、小さな宿場町のような野営地も街道沿いにあったりする。

だがしかし、決して安全だとは言えない。

冒険者は食事に時間を割いている暇はない。

定められた野営地で焚火を囲み、顎が強くなる硬いパンと、歯が強くなる干し肉を、ただアルコール成分を取り入れて身体を温めるだけの酸っぱいワインを飲んで流し込むのが主流。俺は一度試して二度と食べたくないと思いました。素材の味を生かして臭みもそのままの硬い干し肉は、栄養だけはあるそうです。

強固な壁に守られているわけでもない無防備な野外では、その場に留まることすら危険なのだ。

例えるならば森の熊さんが腹ペコ状態でそこらへんをホイホイ歩いているのが当たり前の光景。

熊くらいなら追い払えるので良いが、群れを成す狼や悪賢い猿、大木さえ薙ぎ払う大猪、たまにステゴサウルスみたいなゴツゴツしたでっかいの。

そんなモンスターが徘徊する中安眠などできるわけはない。殺して貴重品奪っちゃう系夜盗も出たりするよ。アイツら絶滅してくれないかな。

焚火の炎を消さぬよう火の番をし、モンスターの襲撃や夜盗の襲来を警戒し、二時間ごとに見張りを交代、眠れるのは湿った葉っぱの上や木の根が枕。

寝袋とテントは荷物になるからって持ち歩かない冒険者が大半。寝袋で快適に眠るより、より多くの依頼品を持ち帰ることを選ぶ。

そんなわけで、初心者冒険者の荷物をガルハドが代わりに持つことを提案してみた。

もちろん全ての荷物を持つわけではなく、少しずつ重たさに慣れさせるための配慮というか、初心者冒険者の命を簡単に散らさないためでもあるのだ。

冒険者が依頼を受けてくれないと冒険者ギルドが回らないだろう？　そのためには最低限の心構えと知識を持つ冒険者を育ててやらないと。

見て覚えろ、技は盗め。

それじゃあ冒険者はなかなか育たないんだよな。

命がけの仕事になるのだから、命を守るための術を教えることが大切。

俺も素材採取家の後進を育ててくれないかと頼まれたが、国から称号をいただいた冒険者チームの一員をギルドで雇うには予算が足りないそうだ。俺は新人教育をするよりも新たなる素材を採取したい。打診は丁重にお断りさせていただいた。

「それにこれは、俺がガルハドにあげるんだから。冒険者のランクとか関係なく、ガルハドがギルド関係者になるってことでお祝い？」

トルミ特区に来る各種ギルドの職員には、全員に一畳くらいの収納力があるトグルバッグを贈る予定であったのだから、それが多少早くなったくらい。

「本当に良いのか？」

「良い、良い」

「ピュイ、ピュイ」

ガルハドは己の両手をズボンの裾でゴシゴシとこすると、俺が差し出す巾着袋を受け取ってくれた。

「はい、魔力込めてー」

「魔力を込める？　ええと、魔石を使う時のようにか？」

「そうそう、明りを灯すような感じ」

ガルハドが巾着袋を大きな手で隠すように包み込むと、巾着袋がポッと僅かに光った。

「これで魔法の登録は完了。このトグルバッグはガルハド以外使えない。底面の焼き印が光り続ける限りマジックバッグとしての機能は続くけど、時々魔力の充填が必要になるから今みたいに魔力を込めて。それからユグル族たちに定期的にメンテナンス……整備を頼むこと。ひと月に一回は必ず」

「ピュッピッユイ」

「整備料は一回千レイブ。魔力は週一で込めること。巾着袋は遠慮なく使うんだぞ。特別に破損防止の魔法も付与されているから、多少のひっかき傷はすぐに直る」

あとは取扱説明書を読んでくれと、巾着袋の説明が事細かに書かれた紙を手渡し、俺はビーと共にガルハドと別れた。

俺たちの背後でガルハドが大粒の涙を流して喜んでいることを知らずに。

＋＋＋＋＋

こうしてトグルバッグはアルツェリオ王国内で密やかに、一部の冒険者や商人の御用達として普及していった。

久しぶりにお会いした国王陛下の腰にも金色の小さな巾着袋が括り付けられてあったのには笑いそうになった。

グランツ卿も趣味の良い色の巾着袋を常に所持し、その中には緊急時の煙幕玉やサーベル、まきびしのようなトゲトゲのついた玉が入っているらしい。誰だグランツ卿に物騒なもの持たせているの。サスケか。スッスか。

トグルバッグの収益の一部は製作者たちに渡り、残りはトルミ特区の建設費用へと回された。

人工的に作られた空間収納袋は話題が話題を呼び、お隣大陸の大帝国までが欲しがるようになるのだが、それはまたずっと先の話。北の大陸のユグル族、ゼングムやルキウス殿下にはあげるけどね。友達を贔屓するのは悪いことではないだろう。

「これでガルハドは張り切って黒豚狩りをしてくれるはずだ。俺たちの好物だからな。それに、見つけた時で良いから採取してくれって頼んでおいたデンドラの葉っぱと、プニさんの好物の白黒胡椒、それから」

「ピュピューイ」

俺はにやけそうになる顔を堪えながら指を折り、俺が望んでいるものを数えていく。

トグルバッグを無償で提供したことにより、ガルハドは俺が望むものを喜んで手に入れてくれるだろう。

まるでガルハドを利用するようで多少の罪悪感は覚えるが、罪悪感はほんのちょっとだけ。

だって黒豚は誰もが好きな肉だろう？　デンドラの葉っぱは宿屋の女将さんや屋台の店主が常に欲しがっているものだし。俺が採取に行けたら良いのだが、何かと他の用事が詰まっておりましてね。

利用できるものは国王陛下でも利用させてもらいますよ。

だから美味しい素材採取、よろしくお願いします。

そうして俺は後々に俺の魂胆が露見し、クレイのげんこつをもらうことになるのだった。

それもまた、先のお話。

あとがき。

作者の木乃子《きのこ》です。きのこはその不可思議な生態も、食べるのも愛でるのも好きです。

素材採取家の異世界旅行記十五巻のお買い上げありがとうございます。借りて読んでいる？　借りて読むという選択をされた貴方に感謝します。面白かったら買えば良いのです。

そんなわけで十五巻です。節目と言えば十巻じゃないのかと思いますが、あとがきって書いていいの？　と、担当氏に聞いてみようと思ったのが十五巻でした。

書き手にとって「あとがき」って憧れあると思うんですよ。なので、いつかは書いてみたいな書いてみたいなと思い続けていたら十五冊出ていました。

あとがきを書いてみたいと望んでみたものの、それじゃあ何を書くのと問われれば、別に読まなくてもいいものを書きます。

読後に読んでいただけるとありがたいです。本編のネタバレを遠慮なく書きます。

今回はパオネの健康的なダイエット計画をメインに、悪辣《あくらつ》な虐《いじ》めと陰謀など、ぶっちゃけ書くつもりないことをぽちぽち書いてしまいました。

他の書き手さんはプロットを考え、計画的に世界を描いていくのだと思います。地図を頼りに旅する旅人のように。かっこいいこと言った。

どっこいワタクシは、ふんわりふわふわ「こういうこと書きたいえへへ」みたいなぼんやりとした着地点を複数考え、飛び石の間に繋ぎの石を埋める感覚で書いています。

なので、寄り道しまくるんですよね。

キャラクターが暴走するとも表現しますが、ワタクシの場合は単なる無計画の成せる業《わざ》でございます。

タケルの旅はワタクシの理想でしてね。一番の理想は清潔魔法。潔癖とは無縁の部屋ゴッチャーのグッチャーな片付けへたくそ人間ですが、嗅覚が異常に良いので匂いに敏感なのです。なので、作中にも匂いに関してしつこく書いてしまうわけです。

幾度か外国にも行きましたが、その国独自の匂いがありますね。風や土や草の匂いはどの世界も共通なのですが、調味料や人の手が作ったものの匂いは独特の香りがしました。あと便座が冷たいのが切なかった。座ったらひょんって言う。絶対に。

タケルの旅はあくまでも旅行であり、冒険ではありません。それじゃあ冒険と旅行の違いって何かと問われれば、どっちも同じだと思います。

旅行は知らない風景を見て、美味いもん食って、美味いもん買って、でかい風呂に入る。そして卓球。いや卓球やると疲れるか。上げ膳据え膳。布団も敷いてもらっちゃう。旅行は冒険よりかは余裕がある雰囲気がありません？

冒険ってほら、泥まみれホコリまみれになって巨石に追いかけられてボロボロのつり橋が落ちたりガイコツでできたオルガンみたいなの弾くイメージあるじゃないですか。そういうのはちょっとね、と思っていたのですが。

だけど、旅先で観光地である洞窟に入る時。瀑布《ばくふ》を見るために登る山道。ふとしたブロック塀に生える苔《こけ》を見た時。

冒険しているって気持ちになるんですよね。たったそれだけで？　ええ、たったそれだけのことで。

そんな旅行中の冒険が書きたくて、そんな旅行がしたくてタケルたちに代わりにしてもらっている感覚で書いております。

辛い時もあれば楽しい時もある。辛いことのほうが多いけど、探せば楽しいことも多いはず。

そんな楽しい時を少しでも提供できていたのなら幸いでございます。

ここまで読んでいただけた奇特な貴方に感謝を。

この本を発行するまでに至る全ての方に感謝を。

ありがとうございました。

木乃子増緒

SOZAISAISYUKA NO ISEKAI RYOKOUKI
素材採取家の
異世界旅行記
1~7
原作 木乃子増緒
漫画 ともぞ
シリーズ累計
135万部
(電子含む)
可愛い相棒《ドラゴン》と共にレア素材だらけの——
異世界大探索へ
神様によって死んだことにされ、剣と魔法の世界「マデウス」に転生したごく普通のサラリーマン・神城《かみしろ》タケル。新たな人生のスタートにあたり彼が与えられたのは、身体能力強化にトンデモ魔力、そして、価値のあるものを見つけ出せる『探査《サーチ》』——
可愛い相棒《ドラゴン》と共に、チート異能を駆使したタケルの異世界大旅行が幕を開ける!!大人気ほのぼの素材採取ファンタジー、待望のコミカライズ
大好評発売中!
異世界旅行記
7
最高に規格外のチームを結成!
神秘の巫女を捜すため
エルフの隠れ郷へ
135万部
無料で読み放題
今すぐアクセス!
◎B6判
◎各定価:748円(10%税込)

Re:Monster
金斬児狐
Kanekiru Kogitsune
リ・モンスター
1～9・外伝
8.5
暗黒大陸編1～4
シリーズ累計
170万部
（電子含む）
突破!
2024年4月4日～!
TVアニメ
放送開始!!
（TOKYO MX、BS11ほか）
ネットで話題沸騰!
怪物転生ファンタジー
最弱ゴブリンの下克上物語 大好評発売中!
【小説】
1～9巻／外伝／8・5巻
◉各定価：1320円（10％税込）
◉illustration：ヤマーダ
新章
【小説】
1～4巻（以下続刊）
◉各定価：1320円（10％税込）
◉illustration：NAJI柳田
コミカライズも大好評!
【漫画】
1～11巻（以下続刊）
◉各定価：748円（10％税込）
◉漫画：小早川ハルヨシ

異世界
子育てしながら冒険者します
ゆるり紀行
1~15
水無月静琉
Minazuki Shizuru
シリーズ累計
110万部(電子含む)突破!!
2024年7月
TVアニメ
放送開始!!
(テレ東・BSテレ東ほか)
1~15巻
好評発売中!
コミックス
1~8巻
好評発売中!
異世界ゆるり紀行 子育てしながら冒険者します
水無月静琉
転生したら、双子を保護しました。
子連れ冒険者の
のんびりファンタジー!
神様のミスで命を落とし、転生した茅野巧。様々なスキルを授かり異世界に送られると、そこは魔物が蠢く森の中だった。タクミはその森で双子と思しき幼い男女の子供を発見し、アレン、エレナと名づけて保護する。アレンとエレナの成長を見守りながらの、のんびり冒険者生活がスタートする!
異世界ゆるり紀行 子育てしながら冒険者します
水無月静琉
みずなともみ
1
転生したら幼い双子を保護しました。
シリーズ累計15万部!!
◉各定価:1320円(10%税込) ◉Illustration:やまかわ
◉漫画:みずなともみ B6判 ◉各定価:748円(10%税込)

この作品に対する皆様のご意見・ご感想をお待ちしております。
おハガキ・お手紙は以下の宛先にお送りください。

【宛先】
〒150-6019 東京都渋谷区恵比寿 4-20-3 恵比寿ｶﾞｰﾃﾞﾝﾌﾟﾚｲｽﾀﾜｰ 19F
（株）アルファポリス　書籍感想係

メールフォームでのご意見・ご感想は右のＱＲコードから、
あるいは以下のワードで検索をかけてください。

アルファポリス　書籍の感想　検索

ご感想はこちらから

本書はWebサイト「アルファポリス」（https://www.alphapolis.co.jp/）に投稿されたものを、改稿、加筆のうえ、書籍化したものです。

素材採取家《そざいさいしゅか》の異世界旅行記《いせかいりょこうき》 15

木乃子増緒（きのこますお）

2024年 3月31日初版発行

編集－佐藤晶深・芦田尚
編集長－太田鉄平
発行者－梶本雄介
発行所－株式会社アルファポリス
〒150-6019 東京都渋谷区恵比寿4-20-3 恵比寿ｶﾞｰﾃﾞﾝﾌﾟﾚｲｽﾀﾜｰ19F
TEL 03-6277-1601（営業） 03-6277-1602（編集）
URL https://www.alphapolis.co.jp/
発売元－株式会社星雲社（共同出版社・流通責任出版社）
〒112-0005 東京都文京区水道1-3-30
TEL 03-3868-3275
装丁・本文イラスト－黒井ススム
装丁デザイン－AFTERGLOW
印刷－中央精版印刷株式会社

価格はカバーに表示されてあります。
落丁乱丁の場合はアルファポリスまでご連絡ください。
送料は小社負担でお取り替えします。

ISBN978-4-434-33607-2 C0093